Antonia Di Chiavari

MON CŒUR AFFAMÉ
Roman

2

« Moi, c'est mon corps qui pense.
Il est plus intelligent que mon cerveau.
Il ressent plus finement, plus complètement
que mon cerveau.
Quand mon corps pense… Le reste se tait.
À ces moments-là, toute ma peau a une
âme. »

(Colette, *La Retraite sentimentale*)

27 août, c'est la fin des vacances pour les estivants et le début des miennes. Je rassure la dernière cliente arrivée si pâle en boitant. Même soutenue par une équipe de copines, la malheureuse paraît moribonde. Vingt ans tout rond et il lui a suffi d'une mauvaise rencontre pour lui mettre le corps en garrigue. La malheureuse s'est baignée à marée descendante. Son pied droit a rencontré la monstrueuse bête de la plage : une vive. Quiconque a déjà posé sa plante tendre, son talon ou même un petit orteil sur son arête venimeuse, sait de quoi il s'agit. Cette bête affreuse de quelques centimètres, à peine enfouie dans le sable, s'est spécialisée dans la tourmente de la plante des pieds des

baigneurs et des baigneuses, sans distinction d'âge ou de sexe. Bien sûr, certains méritent vraiment de vivre cette terrible aventure. Je pense aux dégoûtants qui laissent leurs déchets sur la plage, ou écoutent de la musique histoire de couvrir le bruit des vagues. Mais la plupart des martyrs de ce poisson n'appréciant pas la marée basse sont innocentes. La vive enterrée dans le sable, attaque à l'aveugle.

Quoi qu'il en soit, la vie estivale des victimes de ce poisson malin bascule en une seconde. Dès lors, la douleur les envahit jusqu'à la moindre racine des cheveux. Cet assaut effroyable peut les persuader qu'ils vont mourir. Il faut agir vite. S'ils n'ont pas eu la présence d'esprit d'approcher le bout incandescent d'une cigarette au plus près de la blessure, ils aboutissent généralement dans la pharmacie la plus proche de la plage. C'est justement celle où je travaille. Je leur passe avant tout – pour les ressusciter – à l'endroit de la piqûre, le souffle très chaud d'un sèche-cheveux. La chaleur dissout le venin et l'empêche ainsi de se diffuser complètement. Lorsque cela ne suffit pas, derrière la boutique où je les installe, je plonge leur pied dans une bassine d'eau très chaude, en ajoutant un peu de gros sel et des formules magiques inventées, histoire de les faire sourire un peu. Lorsqu'ils sont soulagés, mon côté pragmatique me revient – celui-là rapplique toujours malgré ma bonhomie. Je leur vends, parce que mon métier est devenu celui d'une marchande de boîtes, des antihistaminiques, du désinfectant et un antidouleur. Ma jeune victime a enfin repris des couleurs et part en me remerciant. Vite, j'embrasse mes collègues, enlève ma blouse blanche, dépose mon badge. Comme je suis heureuse et de bonne humeur ! Au revoir, chers hypocondriaques de la pharmacie qui se reconnaîtront. Bye-bye les clients grincheux se plaignant de leurs coups de soleil attrapés malgré le ciel voilé et le vent frais de Brest. Avant de rentrer chez moi sur la presqu'île de Crozon, je m'offre un bouquet de tournesols et de freesias mélangés à des lys.

Le lendemain, détendue sur mon vélo électrique, la force de l'assistance du moteur au minimum, l'énergie débordante, cheveux au vent, poitrine redressée, je suis en route pour choisir ma lecture de l'après-midi. Lire un livre par jour en vacances est selon moi un minimum pour survivre. Vivre et livre n'ont d'ailleurs qu'une lettre de différence. La lecture me permet d'accéder à la pleine conscience euphorisante d'une sorte de gourmandise, sans sentiment de culpabilité. Allez, j'avoue, j'accompagne chaque chapitre avalé d'un carré de chocolat épais fourré aux noisettes. Au lait, surtout au lait. Parce que j'aime désobéir aux injonctions qui voudraient que le « 70 % de cacao » au minimum soit meilleur pour la santé. Aujourd'hui, j'imagine dénicher un roman léger, tendre et bienveillant. J'irai ensuite me pelotonner dans ses pages, sur la plage presque désertée de Morgat. J'y ferai dorer ma peau en silence sur mon foutah noir et blanc, à l'effigie du drapeau breton.

Je pédale gaiement en croisant les voitures chargées à bloc rentrant à Paris. J'attache mon vélo à l'une des barrières anti-stationnement plantées devant l'église de Crozon. Enjouée, je traverse la rue et je passe la porte bleue de la librairie laissée ouverte. Je salue les libraires chez qui j'achève chaque année plusieurs cartes de fidélité. Je m'avance maintenant vers l'étagère centrale principale, où sont généralement présentées les nouveautés. Je cherche le bouquin qui pourrait bien changer ma vie, qui me ferait du bien et m'offrirait, pour quelques euros, un bonheur auquel je n'ai pas encore pensé.

Voyons un peu les titres :

De l'énergie pour toujours (qui profitera à qui ?)

L'amour après la ménopause (ah non !)

J'arrête de m'épiler et je vis au poil (bof)

Lâche-moi les ovaires (pourquoi pas ?)

J'aime ta femme (celui-là me plaît bien)

Un coup de pied aux princesses (pas mal)

J'ai raison, je suis ta mère (génial)

Certains cartons ne sont pas encore déballés. Je fouille. Déplie les yeux. J'ai tout mon temps. Je peux y passer la matinée. Un enfant hurle, la mère, au visage de nonne, au sourire d'une bonté à faire fondre le cœur, d'un genre surhumain, semble ne rien entendre des colères de son fils. Je suis certaine qu'elle triche et qu'elle cache derrière son bandeau de cheveux les meilleurs bouchons d'oreilles. Je m'éloigne des cris, attirée par un type curieux d'un genre lecteur contemplatif. Ce qu'il lit le coupe du monde assurément. Je m'avance vers la pile de romans tous identiques posés à même le sol. Une masse si haute qu'il s'y accoude. Une affiche accrochée derrière lui présente le roman qui le plonge dans une telle concentration. Mon visage se fige à la découverte de l'affiche blanche, sobre, entourée de cœurs. Elle met en avant le dernier roman de Pierre-Philippe Seigneur :

ÉTÉ
PPS

Le meilleur roman de la rentrée littéraire

C'est incompréhensible que je ne l'aie pas vue en entrant. Je prends dès lors un coup mal défini derrière les épaules. Ma nuque, si souple la seconde précédente, se tortille sous l'assaut d'une attaque non encore identifiée. Ma boîte crânienne se retrouve enserrée par une multitude de pinces agressives et variées. Des tenailles aussi serrées et douloureuses que celles qui ont tenu mon chignon de mariage, il y a vingt ans. Je rejoins nerveusement la pile de bouquins posés sur le sol, ma vue se brouille. Le lecteur passionné me dévisage sans même s'écarter. Il soulève seulement son livre ouvert, au moment où j'allonge mes bras pour en attraper un.

Je chausse tant bien que mal mes lunettes. Tout bascule. La couverture du livre *ÉTÉ* me pique les yeux. Je ne m'attendais pas à cela. Ce n'est pas possible ! Sidérée, dévastée, je viens de tomber nez à nez avec mes seins.

En photo.

Mais mes seins quand même !

Heureusement, les originaux restent bien accrochés. Je peux les revendiquer, ils sont uniques, bien sûr, avec leurs tétons roses. Celui de droite possède un tatouage naturel. Un grain de beauté sur ma peau a pris la forme d'un cœur roux. Cette fantaisie atypique apparaît très distinctement sur la couverture, mais elle ne suffit pas à m'identifier. Légèrement au-dessus, chaque lecteur ou lectrice pourra découvrir le tatouage que je porte depuis le jour de mes dix-huit ans. Un mot censé me rendre forte et surtout énigmatique. Un mot pour m'enrocher quelque part et être amie avec mon corps : « Menhir ».

Je me souviens parfaitement de l'instant où ce tatouage a été surpris par son photographe visiblement étonné de le découvrir : l'hôtel, Paris, la vue sur la tour Eiffel, moi qui ai payé la chambre.

Le visage cramoisi – on dit que le rougissement a toujours à voir avec quelque chose de sexuel –, je retourne l'ouvrage pour en lire le résumé. Je m'éloigne de quelques pas. Je suis alors pulvérisée dans les ténèbres et même un peu plus loin. Dans un encadré en haut à gauche, mes lunettes embuées distinguent nettement mes pieds nus sur le sable.

En photo.

Mais mes pieds quand même !

Eux n'ont pas de signe particulier, à part leurs petits orteils boudinés, que Briac, mon mari, surnomment les « Knacki balls », en référence aux minuscules saucisses de Strasbourg insipides et pourtant trop salées, que l'on gobe distraitement à l'aide de bâtonnets en bois à l'heure de l'apéritif, lorsqu'il n'y a rien d'autre sur la table.

Durant un temps de lucidité, je me souviens à qui et à quel moment j'ai envoyé ce cliché de mes pieds. C'était en février dernier, lors d'un bain de mer fou, où j'étais seulement accompagnée par des flocons de neige. À ce moment-là, Pierre-Philippe Seigneur et moi, nous nous écrivions encore. Passionnément, du moins, je crois. Disons, nous nous confiions nos vies en les lançant vers l'irréel sur la toile. Je croyais au hasard. Au lien et à la vie éternelle sans amen. Mais c'était surtout moi qui me confiais à lui. Il m'avait anesthésiée. En gros, en lui écrivant, j'avais sacrément dérivé avec des mots, en prenant la tasse aux trois-quarts pleine ; je me noyais dans un récipient qui était, à la vérité, absolument vide et creux. J'avais romancé ma vie en l'illusionnant.

Ce qui est vrai aujourd'hui, c'est que je prends depuis des mois trente-six mille comprimés à base de plantes, censés éviter les crises de panique au pluriel. Une arnaque de plus ! Même si c'est moi qui les vends et les conseille à l'achat. Mon corps paniqué me trahit, s'offusque, se dérègle. Plus rien ne m'obéit. Les douleurs des vives sont de petites joueuses finalement, à côté de la crampe au mollet droit qui m'assaille. Je suis prête à me mettre à genoux tellement je souffre.

Mais le lecteur de la librairie me regarde maintenant avec attention. J'en appelle au reste de ma dignité. Je redresse les épaules, tortille une mèche de cheveux et m'éloigne. J'attrape dans mon sac l'élixir aux plantes magiques nommé *SECOURS*, pour les états d'urgence, le stress élevé, les peurs intenses, et les invasions brutales de frayeur.

Pour moi, tous ces évènements s'additionnent. Je ne compte pas les quatre gouttes préconisées à mettre sous la langue. Je bois d'un trait la mixture amère. Je vide le flacon telle une morte de soif. De toute manière, je vois noir et flou. Je vais faire un AVC et un arrêt cardiaque en même temps.

Un peu calmée, ni téméraire ni courageuse, mais parce qu'il le faut, je m'accroche au roman *ÉTÉ* de mes mains devenues déliquescentes. Dès lors, tout ce à quoi je touche s'efface. Je m'approche de la caisse, les épaules à nouveau voûtées, comme si je venais de voler la boutique entière. Pour arranger mes petites affaires, je suis envahie de bouffées de chaleur. La libraire, qui a pourtant l'habitude que je parle avec elle durant des heures, ne semble rien remarquer. D'un sourire satisfait elle attrape le livre pour le scanner :

— Bon choix, Gaëlle. Quand penses-tu chroniquer sur ton blog ce best-seller annoncé de la rentrée littéraire ? J'ai commencé à le lire hier soir, super. Tu as vu, il se passe ici, à Crozon ?

Je suis incapable de répondre. Sous la pression de ma poitrine angoissée, les lignes de ma marinière en coton se mettent à zigzaguer.

— Hâte d'avoir ton retour.

Je déglutis.

— Vingt euros, s'il te plaît.

Je tends ma carte trempée de sueur. Mon amie se met à rire, un rire franc, jovial, amical. Je me retourne. Ça y est, je suis démasquée, elle a tout compris en lisant les premières pages et m'a reconnue, elle qui me connaît si bien. Je ne suis pas seulement détaillée en morceaux sur la couverture du roman de Pierre-Philippe Seigneur, j'y suis aussi, nommée, fichée, racontée, autopsiée à coups de mots à l'intérieur. Je m'apprête à hurler de toute mes forces… au même moment elle ajoute :

— Je serais assez d'accord si les livres étaient remboursés par la Sécurité sociale, j'entends bien ton message, mais ce n'est pas encore le cas.

Elle me rend ma carte vitale !

Je bafouille et sors cette fois ma carte bancaire avec l'option paiement sans contact. Je m'échappe de la librairie comme je peux en boitant, façon vieux crabe menacé par la canicule, égaré sur le sable loin de la fraîcheur des rochers. Devant l'étal du fruitier, au moment de commander mes fruits et légumes, ma voix rauque se bloque, mes pensées se brouillent. Pourtant je veux des framboises, des abricots.

Donnez-les-moi ! Par pitié ! Vous voyez bien que je ne peux plus parler. Le roman, glissé dans un sac en toile à l'effigie du salon du livre de Vannes – sérigraphié d'une citation de Marguerite Duras, *« Écrire, c'est aussi ne pas parler. C'est se taire. C'est hurler sans bruit »* –, pèse une tonne sur mon épaule.

Je détache mon vélo. Jette le livre infâme dans ma cagette vide en bois ficelée sur mon porte-bagages. Abrutie par un stress intense, je rentre à la maison, par un chemin que mon vélo doit connaître par cœur. Je ne me souviens plus comment j'atterris dans mon salon, avec ce livre à dévorer

dans la douleur jusqu'à l'indigestion.
Dès les premières pages, je comprends
qu'un homme a fait de moi le
personnage principal de son roman.
C'est l'heure pour moi de chasser mes
illusions. L'heure où les grands
enfants, couchés trop tôt, prennent en
pleine figure, et dans leurs yeux
naïvement ouverts, les poignées de
sable que leur lance un marchand de
rêves, un ours tout mignon en
apparence.

***

Le roman de Pierre-Philippe Seigneur entre dans ma vie par effraction. Dans mes mains, il me fait l'effet d'un linge mouillé sur ma peau, que je serais obligée de porter en attendant qu'il sèche. Je grelotte de colère. S'il est clair aux premières lignes qu'il s'est inspiré de notre relation ayant duré quelques mois pour son bouquin, c'est encore plus clair dans les suivantes.

Avec cet homme de cinquante ans, il y a presque un an, j'ai par tentation mis les mains dans un pot de confiture. Un pot que je pensais rempli de mûres sauvages au sucre de canne, mes préférées. À bien y goûter et en me resservant abondamment, j'ai compris trop tard qu'il n'y avait en fait ni fruits, ni même le moindre soupçon d'une matière première naturelle de qualité à l'intérieur. En revanche, à force de patouiller dedans, mes doigts ont rencontré un frelon féroce et insatiable. Lorsqu'une bestiole pareille vous agresse, vous vous en souvenez longtemps.

C'est peut-être ce qui arrive aux gourmands mis au régime forcé, lorsqu'ils laissent leur cœur avoir trop faim. Arrivés au bout de l'aventure de la frustration, leur besoin de compenser les pousse à grignoter n'importe quoi, n'importe quand, n'importe où et avec n'importe qui.

Le plus inquiétant, c'est que le journal *Le top des livres* annonce le roman *ÉTÉ* comme « le » livre de l'année. Caprice de l'auteur ? La couverture du roman tout comme l'histoire étaient restées secrètes jusqu'à sa date de sortie officielle, ce 27 août. Cette fantaisie a certainement fait monter les enchères. L'héroïne du roman est une serveuse d'un bar-librairie dans le village breton de Kenina, dont le nom est inventé. Valérie a cinquante ans et elle est blogueuse. Kenina, comme cela, a l'air d'un nom innocent, un choix anonyme, mais quand on est une joueuse compulsive de Scrabble comme moi, il me faut juste une seconde pour en épuiser les lettres : Kenina-Aniken. Aniken, mon nom de famille ; non, bien pire que cela, celui de mon mari.

Serveuse, ce n'est pas moi, même si j'exerce à peu près le même métier puisque je suis pharmacienne à temps partiel. Blogueuse littéraire oui, je poste chaque dimanche mes impressions de lecture sur mon blog : *Lisez en Armorique !*

Concernant mes cinquante ans, je les ai pris en pleine vie si on peut dire, il y a trois mois.

Pour me détendre, j'allume la télévision et regarde les informations. Je vois mes seins partout. Les chaînes ne parlent plus que du livre *ÉTÉ*, dont l'auteur signe seulement de ses initiales PPS en lettres dorées. Il a été tiré à cent mille exemplaires. Heureusement que mon mari sous-marinier est coupé du monde et des médias pour quelque temps encore. Je n'ai pas à affronter ce souci-là. J'espère que la campagne de promotion du roman va s'arrêter avant son retour de mission. Sitôt lu, je vais le cacher là où il ne pourra pas le trouver.

Le tirage d'*ÉTÉ* est énorme et peu à la fois. En effet, le président du prix prestigieux Ultima Thulé se permet déjà d'annoncer l'auteur comme le probable lauréat. Dans ce cas, le tirage initial serait multiplié par trois a minima.

En résumé, mes seins et mes pieds servent de cuirasse recto verso au roman de la rentrée littéraire. Ce chef-d'œuvre proclamé va ghoster tous les autres. Cette œuvre adoubée par les journalistes a été écrite par Pierre-Philippe Seigneur, lui-même journaliste dans plusieurs revues, et critique littéraire redouté.

PPS

Trois lettres et le monde intellectuel frémit.

***

S'il reçoit le prix Ultima Thulé, cela fera de lui un millionnaire et le roman permettra la fortune de sa maison d'éditions, Un océan de pages ; un éditeur très patient qui n'a jamais réussi à obtenir ce prix pour l'un de ses écrivains, encore moins pour ses écrivaines. Les femmes n'étant que rarement récompensées par ce prix si glorieux.

Modeste blogueuse littéraire, j'ai reçu quelques livres ce mois-ci offerts par les maisons d'éditions. Celui dont j'ai attendu la parution n'est pas venu jusqu'à moi sous la forme d'un paquet de la Poste. Je l'ai pourtant attendu, guettant chaque matin l'enveloppe multicolore caractéristique. PPS, Pierre-Philippe Seigneur, a dû rayer mon adresse au feutre rouge des listes d'envoi aux blogueurs et blogueuses à la presse. S'il avait pu, j'en suis certaine, il m'aurait même fait disparaître de la surface de la Terre et de l'Univers.

J'exagère, il n'a jamais eu mon adresse.

J'aurais au moins la chance d'échapper à un tueur à gages, qu'il va bientôt avoir envie d'engager contre moi. Car si là je passe un mauvais quart d'heure, cette péripétie, ce détour dans ma vie, cette pichenette détraquée, va s'avérer être pour ses protagonistes une bien mauvaise farce. Pour moi de manière assez prévisible, et pour lui de manière absolument inattendue. Le seul chanceux qui sortira indemne de cette pénible aventure, ce sera le roman *ÉTÉ*. Car, et ne l'oublions pas, un livre est très puissant. Vivant ou mort, il peut détruire.

Il y a un an, Pierre-Philippe Seigneur cherchait une nouvelle proie pour nourrir, disons plutôt gaver son prochain roman. Il m'a choisie. J'enrage. Seulement, je suis atteinte depuis ma naissance d'un genre de maladie protectrice qui peut faire partir en live très vite les évènements de mon existence. Cette maladresse congénitale a des incidences, sans que je ne le prémédite véritablement, sur la vie des gens qui me veulent du mal. Je suis gaffeuse et malhabile. En cas de confrontation avec mes talents d'ingénue, cela peut vite tourner à la catastrophe pour mes ennemis. Pour l'heure, nous n'en sommes pas encore là. Je suis piégée. Connue ici, car j'anime de temps à autre des rencontres entres lecteurs et lectrices dans ma petite ville et en librairie, je ne peux me permettre une excentricité. Les gens ne devront jamais savoir que mes seins et mes pieds apparaissent sur la couverture et les pages du dernier roman de Pierre-Philippe Seigneur.

Personne, et surtout pas mon mari.

Je vais lire ce livre, puis le brûler.

Fin de l'histoire.

Jusque-là, mes angoisses et mes soucis ne s'inscrivaient pas sur ma physionomie tout sourire à la Kate Middleton, même taille, cheveux longs tirant vers le châtain, même coiffure et, pour être honnête, avec quelques kilos en plus. Cet affichage aimable et cette joie vont peut-être disparaître de mon visage. Le plus difficile reste à venir afin de clore la terrible histoire qui a failli emporter mon existence délicieuse sur la presqu'île de Crozon. Il ne me manque plus qu'à affronter le livre en question et ainsi mesurer l'étendue des dégâts. Des dégâts dont je suis en partie victime, mais aussi coupable.

Qu'a-t-il bien pu raconter de notre histoire ? Qu'a-t-il pris, laissé, jeté ? Quelle héroïne à qui je ressemblerais a-t-il créée ?

C'est vrai, ce matin avec ma marinière en sabbat, en rejoignant la librairie de Crozon, je ne m'attendais pas à me prendre, d'un coup de poitrine et de pied, un KO direct. Contre les mots nous pouvons imaginer nous défendre, mais contre une couverture de livre, que faire ? Si je demande un dédommagement à la justice pour droits d'auteur, tout le monde saura qui est Valérie, l'héroïne de l'histoire. Valérie, c'est quand même plus anonyme que mon véritable prénom, Gaëlle ; et qui aura l'idée d'anagrammer le nom du village de Kenina à part moi ? J'essaie de relativiser. J'aurais dû garder mon prénom de jeune fille, Saverio. PPS n'aurait pas vraiment osé l'anagrammer pour créer un nom de village breton et me relier encore plus inévitablement à lui. Saverio : ovaires.

□

Je me doute un peu que ce que je vais découvrir ne va pas me plaire, mais je suis loin du compte. Pour affronter le roman *ÉTÉ*, j'attrape des munitions. J'ouvre le placard interdit dans ma cuisine. À l'aide d'une cuillère en bois au long manche, celle qui me serre à remuer ma pâte à crêpes, j'attire vers moi l'un des paquets XXL de chips paysannes natures. L'un de ceux que je range très en hauteur et tout au fond, pour les rendre inaccessibles en cas d'assaut de boulimie. Juchée sur une chaise, l'approchant de moi, je ressens déjà au bruissement caractéristique de son sachet un peu de réconfort.

Ma maison est grande et je ne sais pas où me cacher pour commencer ma lecture et me laisser mourir. De honte, surtout de honte. La télévision éteinte, je traîne dans mon salon, le bouquin à la main en arrêt instinctif. À bout de mes défenses immunitaires d'amour et de désir, je sors du tiroir de ma commode une plaquette de chocolat « Alegria grand cru », siglée Jean-Paul Hévin. Je l'avais cent fois laissée en vie car elle n'était pas au lait. Il faut bien commencer à être raisonnable. Mon chat Galette-Saucisse s'installe près de moi. Réclamant de l'attention, il griffe les pages de ses grosses pattes de matou un peu trop nourri, non pas par les croquettes qu'il délaisse, mais par les bêtes du bois tout proche.

Je commence la lecture en alternant le sucré-salé : un carré de chocolat parisien, une poignée de chips bretonnes, sans oublier une gorgée d'eau de Contrexéville. Le rythme du livre de PPS souffle le chaud et le froid. L'écrivain raconte une passion entre deux amants, alternant un passage neutre et un autre plus acide. En gros, il semble plutôt vouloir du bien à son héroïne et au chapitre suivant, il la dénigre. Elle est fabuleuse la bretonne, oui mais un peu idiote quand même, la Bécassine…

Son héroïne, hypersensible, proche des éléments naturels, fait face à un homme élégant et cultivé intellectuellement, mais complètement déconnecté du moindre brin d'herbe. Cerise sur le gâteau déjà bien rance, ce traître d'écrivain a recopié des passages des courriels que je lui ai écrits de tout mon cœur affamé de l'époque. Je me lève chercher un surligneur afin d'en repérer les phrases, mes phrases. Reprises, éditées à la virgule près pour la plupart, il n'a même pas changé un mot !

Là, maintenant, si je criais :

— Je suis innocente !

Personne ne me croirait.

Absolument personne.

Mes deux seins et mes deux pieds signent mon forfait. Mon caractère positif me relève toujours des épreuves. Pourtant, cette fois-ci, quelque chose de la culpabilité s'attaque à mes convictions profondes. Même si l'essentiel, c'est-à-dire la Bretagne, la marche dans les falaises de Crozon, les bains de mer à Morgat en hiver, me sauvera toujours. Au fond, à bien y réfléchir, persuadée que j'allais mourir l'année de mes cinquante ans comme ma mère Juliette, j'ai mangé mes heures cette année.

Je les ai clairement gaspillées en communiquant avec cet homme, espérant peut-être qu'il m'ouvre les portes d'un monde que je ne fais qu'effleurer, celui des écrivains. Espérant qu'un jour je passe de blogueuse littéraire-pharmacienne à raconteuse d'histoires où, par exemple, la Belle au bois dormant aurait appris le karaté, et où Cendrillon boxerait sa belle-mère. Un fantasme, alors que je n'ai pas su dire non à un parfait inconnu. En fuite, mon ombre marche devant moi. J'ai l'impression que ce type avec ce livre ne me laissera jamais plus tranquille. J'ai joué avec le diable et je n'ai jamais eu de chance au jeu. Sauf en trichant un peu, beaucoup, à la folie. Tricher est un métier qui m'attire. En attendant, avec Galette-Saucisse finalement endormi sur mes genoux, je n'ai plus qu'à tourner les pages et à attendre crucifiée, que le dernier mot de ce roman m'achève.

Fin du paquet de chips.

Avant la publication du dernier roman de PPS, deux mauvaises rencontres ont failli me coûter mon existence plutôt calme et heureuse sur ma presqu'île bretonne. En septembre, il y a un an, j'ai failli mourir sur un parking de supermarché, et quelques jours plus tard, j'ai rencontré de trop près Pierre-Philippe Seigneur. Une mort de plus, avec la sortie de ce roman d'horreur pour moi, devrait bien se passer. Je vais survivre. Ce n'est sans doute pas mon année.

Heureusement, pour contrer ma première agression, je me suis servie de mes stages de krav-maga. Ils sont organisés par Éric, notre instructeur, un ancien officier de gendarmerie désormais mercenaire en Afrique. En pleine forme, bronzé et amaigri, il nous revient en Bretagne tous les trois mois avec de nouvelles techniques de doigts cassés, de coudes inversés, de mains retournées et de cris vite étouffés.

Il nous affirme qu'en tordant juste un petit doigt, il tait les adversaires en quelques secondes. Je le crois, déjà qu'avec sa voix il me tétanise ! Véronique, mon amie bretonne et aide-soignante (cet ordre est important pour elle), la complice de ma vie, pense qu'il a déjà tué. Elle le lit dans ses yeux. Selon elle, les meurtriers ont une odeur. Comme les méchants.

Elle voit du sauvage, du carnassier, du cannibale dans son regard vert et perforant. Le genre de type selon elle qui va au-devant de la mort. Elle est certaine qu'il ferait la peau à une balle s'il en prenait une. Je ne vois rien, à part qu'il me fiche un peu la trouille.

Je ne suis pas scandaleuse comme elle, ni irrévérencieuse. Elle aime le plein jour, et moi, je suis plutôt une affamée de nuit. J'aime m'y promener, me laisser bercer par elle en compagnie des arbres.

Tout ce qui est autour de Véro doit briller. Elle me fascine, elle a une réserve d'énergie pour cent ans. Parfois, elle m'aide dans mes tournées lorsqu'il faut transporter du matériel de la pharmacie chez les patients hospitalisés à domicile. Durant les cours de self-défense, pas question de rigoler. Éric nous surveille. Ses yeux de lynx scannent les comportements et attitudes des participants. L'an dernier, alors que nous mimions une attaque sexuelle, Véronique, suivant les instructions, allongée sur moi, tentait de m'étrangler et faisait mine de baisser la fermeture Éclair de son jean. Elle ne faisait que suivre les consignes. J'ai souri un quart de seconde. Éric est arrivé furieux vers nous deux. Ou plutôt, sa voix est arrivée vers nous en premier :

— Gaëlle, bon sang, c'est justement à ce moment-là que tu dois rester concentrée ! Quand ton agresseur va lâcher une de ses mains pour commencer ses petites affaires. Ton sourire, parce qu'il est connecté à ton cerveau, t'empêchera de saisir la seconde ultime où tu vas pouvoir, avec tes bras, te dessaisir de son emprise.

Il a pris la place de Véro en se plaquant contre moi, toujours allongée. Là, j'ai arrêté de rire et j'ai appliqué sa méthode. Quatre-vingt-dix kilos de muscles divers m'écrasaient et ont éclairé mon esprit.

Révision rapide de la leçon.

Appel à la mémoire.

Application : trouver le bon moment pour glisser mes bras entre les siens et les écarter le plus fort possible.

Pas de rire, pas de cris. Déjà, il avait calé ses cuisses entre mes longues jambes. Ses deux mains serraient ma gorge, rien à voir avec la gentille pince de Véronique. Hop ! au moment où il a desserré sa main droite, pour mimer le geste de l'abaissement de la braguette, j'ai osé une oscillation légère du bassin. J'ai écarté avec mes bras — juste bons à porter des cartons de médicaments – les siens, énormes et durs comme des troncs. J'ai ainsi réussi à bloquer son coude à la jointure, à l'aide d'une prise difficile à décrire par écrit.

Éric a valsé à deux mètres de moi par magie des lois de la physique statique. Il ne pesait soudain plus que quelques kilos et je l'ai presque achevé d'un coup de pied au visage, avec l'une de mes chaussures de marche qu'il a bien évidemment retenue de sa main en me tordant le pied pour me déséquilibrer. Précision : nous pratiquons le krav-maga en vêtements de tous les jours, afin d'être le plus proche possible de la réalité du terrain. Un agresseur n'attendra pas que l'on passe un jogging pour nous massacrer.

Satisfait, il m'a félicitée :

— Voilà, Gaëlle, bravo. Le coup de pied encore un peu plus rapide et fort et tu étourdiras pour un moment ton agresseur.

Rouge de fierté de m'être transformée en Popeye sans avoir mangé d'épinards, et ragaillardie, je me suis sentie invincible. C'est cette prise qui un jour me sauvera une première fois de l'emprise de Pierre-Philippe Seigneur, quand il essaiera de m'étrangler. Mais nous n'en sommes pas encore à ce moment de l'histoire.

Je pensais donc être en état de me défendre correctement en cas d'attaque physique surprise. J'avais oublié la leçon numéro un : lors d'une agression, le corps est le point faible, le point fort, c'est l'esprit.

***

La première offensive, un an avant la publication du roman *ÉTÉ*, a eu lieu sur le parking du supermarché de Brest. Je venais d'ouvrir mon coffre en chantonnant le refrain de Mouloudji, *L'amour, l'amour, l'amour*. Une mélodie entendue durant les longues minutes d'attente aux caisses. Soudain, un type patibulaire, portant une capuche et une casquette rouge vissée dessus, s'est jeté sur moi en me poussant du plat de la main entre les omoplates et en l'appuyant fermement pour m'empêcher de me redresser.

Il tremblotait de la voix :

— Donne-moi ton sac, salope, ou je te plante !

J'avais la tête et une partie du buste dans mon coffre ouvert, je ne le voyais

49

pas. Mon instinct de survie m'alarma à l'aide d'un clignotant rouge écarlate : SCARY, SCARY !

J'ai visé une toute petite lucarne sur le côté de mon œil droit et vu la lame d'un couteau. Une lame peu élégante, qui n'était pas le genre à découper lentement un saucisson en rondelles fines. Ce qui aurait pu m'offrir un court répit en cas de contact – mais non. Elle avait l'air plutôt d'une lame à sectionner en tranches ventrues un jambon – sans que ce jambon n'ait à aucun moment la moindre chance de s'en sortir. Même en rentrant le ventre et en gainant mes cuisses, ce que je déteste faire, ils n'avaient, ni l'un ni l'autre, aucune chance de s'en sortir.

Les mains horribles et sales tenant l'arme blanche – pas vraiment innocente – n'appartenaient certainement pas à un chirurgien. Je n'osais imaginer l'état de mon bidou si ce féroce l'atteignait.

Une blessure à la gorge, je n'y pensais pas trop. La mienne était protégée par une grosse écharpe, tenue par un col épais d'un ciré Cotten jaune imperméable. Transpercer un ciré de cette qualité n'est pas une mince affaire. Sa toile est vendue comme étant presque indéchirable. Le presque, je vous l'accorde, est toujours un mot de trop en plein milieu du tragique. En tout cas, je l'avais bouclé bien haut sous mon menton.

Il pleuvait à torrents.

Bon, il voulait mon sac pour commencer. Je pouvais le lui donner et me relever de cette situation embarrassante. Seulement, dans mon sac, je transporte trop d'objets irremplaçables.

Il y a :

– Le petit galet blanc offert par mon mari Briac lors de notre premier été, celui de nos vingt ans.

– Les clés de ma maison.

– La clé de secours informatique où j'ai enregistré le double du manuscrit que j'écris en cachette – pour le cas où mon domicile serait cambriolé, au revoir mon ordinateur, et donc, mon travail de plusieurs années.

– Mes papiers – il faut savoir que même en cas de vol, l'État nous facture un montant astronomique pour refaire une carte grise, sans parler du passeport.

– Et il y a surtout un trésor, bien à l'abri dans mon portefeuille, la photographie de mon fils Mathias emmaillotée dans un mot d'amour unique écrit l'été de ses sept ans, et dont il n'est pas possible de refaire une copie : *Je t'aime maman chérie de tout mon cœur de bébé d'amour.* Pour ce mot illustré de cœurs et de soleils, je pouvais mourir.

Maigre consolation, le délinquant ignorait que dans mon sac, il n'y avait pas ma carte bancaire. Mais je n'allais pas le lui dire. Si je restais en vie, j'avais une microscopique chance de rentrer à la maison en taxi. Je range, ou plutôt je cache, ma CB dans mon soutien-gorge – c'est plus discret que de la glisser dans ma culotte.

Pourquoi la déposer à cet endroit ?

C'est une prescription d'Éric. Avec lui nous avons recouvert à l'encre indélébile les trois chiffres secrets au verso, après en avoir gratté les contours avec un tournevis plat :

— Imaginons, les amis, vous êtes dans la rue, un voleur vous arrache votre sac. Le seul sésame qui vous permettra de rentrer chez vous à peu près sereinement, c'est votre carte bancaire. Ainsi, vous pourrez acheter un ticket de bus, emprunter un taxi. Donc, la carte bancaire ne doit jamais être dans votre sac, mais portée directement sur vous à un endroit peu accessible des pickpockets.

D'autre part, si on me la volait, je ne voudrais pas devoir faire opposition à la banque et perdre son code de sécurité génial : le mien, c'est 007 !

Le monstre me volerait peut-être mon sac mais pas ma carte bancaire. Donc, je vois la lame. Nous avions étudié ce cas de figure. Il s'intitulait de façon prémonitoire : « Attaque un jour de pluie ». Je me suis donc saisie de mon parapluie dans le coffre. Le mien porte l'écusson multicolore de la ville de Cherbourg. Briac m'avait offert ce modèle de luxe pliant, dit anti-bourrasque. Il me l'avait rapporté d'une de ses missions à la DCNS de la ville, pour mes quarante-neuf ans.

Il avait précisé en me l'offrant :

— Ma chérie, c'est un ancien modèle presque introuvable, si les nouveaux qu'ils fabriquent sont fragiles, la vendeuse m'a affirmé que celui-là tiendra contre un ouragan. Un parapluie de Cherbourg en Bretagne, ça peut servir.

Mieux que cela, mon amour !

Je n'allais pas matraquer le voyou, cela ne sert à rien contre un couteau, à part bien sûr si l'on est une samouraï ou une majorette. J'appuyai sur son bouton déclencheur. Obéissant, rapide et solide, il se déplia d'un coup net. Je me suis cachée ainsi derrière, tout en le gigotant pour l'aveugler. Je le tenais à l'aide de sa poignée en bois de charme.

Désorienté, l'homme gueulait :

— Saleté, grosse ****, tu vas me le donner ton sac !

Théorie, pratique, concentration :

– Un belligérant trop bavard est un humain qui a peur de sa propre sauvagerie, prétend Éric, mon héros.

J'envoyai des petits coups énervants à mon assaillant à la manière d'une épéiste très débutante et désordonnée. Une fois à droite, une fois à gauche, et le reste tout au milieu.

Un pas en avant, deux et même trois pas en arrière. Sans oublier de reprendre ma respiration. Car je devais oublier que ce n'était pas Véronique et ses cinquante-cinq kilos en face de moi. De plus, l'eau de pluie ruisselait dans mes yeux et me grattouillait le nez. Pas question de perdre une seconde pour m'essuyer le visage. Sous les coups de la lame, la toile de mon pépin bleu ciel se déchirait peu à peu. Mon courage s'amplifiait car l'ossature tenait bon, j'avais de plus en plus confiance en lui.

Un parapluie de Cherbourg ne lâche pas sous la tempête – la véritable rafale, pas un petit coup de vent de rien du tout. Ce n'est pas un coutelas fabriqué en Chine qui allait l'impressionner ! La lame se coinça dans l'une des baleines et le voyou s'éloigna, avant de se ruer à nouveau sur moi.

Personne à l'horizon pour m'aider ?

Peu importe. Pour me donner du courage, j'imaginai que les adhérents de mon club de krav-maga, cachés dans les voitures du parking, me regardaient.

□

Le haineux bavait d'énervement car je l'aveuglais encore avec mon parapluie désormais piqué d'un couteau. Sans le lâcher, j'appliquai la seconde leçon de défense d'Éric :

– Après avoir désorienté l'adversaire, l'achever ! Il ne doit pas se relever !

Le mien restait debout. L'avantage d'être parfaitement ambidextre, c'est qu'avec ma main gauche, j'agrippai ce que j'avais dans mes sacs de courses. Les œufs valsèrent sur la figure de mon agresseur, mais aussi sur mes chaussures. La farine de sarrasin envahit sa casquette rouge. Le gros sel de Guérande, éjecté de son sac d'un kilo, souleva sa casquette. Elle s'envola sous une voiture. Alors même que je n'avais jamais réussi à viser juste au golf, et qu'il m'arrive parfois de casser les œufs à côté de mon saladier, voilà que je l'éborgnai ! Son arcade sourcilière céda sous le choc d'une boîte de conserve de haricots récoltés et produits dans le Finistère, cueillis à la main.

Ensuite, je ne me souviens plus très bien qui attaquait l'autre. Avec les ingrédients d'une galette de sarrasin, je l'ai mis en fuite et je lui ai couru après. L'homme a mangé des gravillons, a évité une bouteille de lait. Il doit encore se souvenir de mes cris de louve cinglée. Je lui hurlais les injures que je n'avais jamais prononcées jusque-là, et dont mes oreilles s'agaçaient à l'ordinaire en les entendant dans la rue. Pendant tout le temps où il fut à ma portée, les tomates s'écrasaient sur son dos, ainsi que des boîtes rectangulaires rouges de sardines Saint-Georges à huile d'olive, faciles à prendre en main. Au moment où le type a levé les bras, j'ai compris qu'il abandonnait la partie.

Après des pleurs, des tremblements, et ma stupeur un peu atténuée, j'ai pris le volant. Téléphoner à mon mari n'aurait rien donné. Sous-marinier, en mission, pas même lui ne sait s'il est au fond des eaux territoriales de la Polynésie ou dans l'océan Indien. Ses seuls indices, ce sont les poissons et la faune que le sous-marin rencontre et qu'une caméra permet de voir sur un écran.

À vingt à l'heure, en première, les warnings allumés, je suis allée à la gendarmerie pour porter plainte. Sous la pluie, j'ai annoncé ma présence à l'interphone. Une femme m'a demandé de patienter sur le parking, il y avait plus d'une heure d'attente : des portables volés, des dégradations dans des garages. Je suis rentrée chez moi. Mon tee-shirt me collait au dos, mon mascara avait marqué mes joues de cambouis. J'avais froid.

Je suis allée le lendemain porter plainte. Un gendarme a pris ma déposition et l'a retranscrite en faisant des fautes à tous les participes-passés, tout en ignorant les pluriels. Je l'ai signée un peu navrée. C'était comme si je les avais faites moi-même.

Ma plainte resterait très certainement sans lendemain. Je devais comprendre, les attaques au couteau se banalisent, c'est comme cela. Bien sûr, j'avais perdu l'essentiel de mon caddie de cent euros, mais l'important, a prétendu le gendarme :

— C'est qu'il n'y a pas mort d'homme.

— Et de femme… ai-je ajouté.

L'enquête ne serait pas facile, car l'œil de la caméra de surveillance n'atteignait malheureusement pas ma place de parking.

Il a précisé, le plus sérieusement du monde :

— Dans tous les parkings, il y a des angles morts, et les voleurs, les branleurs exhibitionnistes et les dealers les connaissent.

Je raconte cette agression parce qu'à ce moment de mon existence, je ne craignais presque rien. Je marchais des heures à la pleine lune le long des sentiers des douaniers. Je passais devant des fermes isolées, je bravais les chiens méchants, les chemins glauques, les terreurs absurdes. La peau me passait sur le corps. Je ne la retenais pas. Il y a onze mois de cela, j'étais si forte.

☐

Jamais je ne me serais crue capable d'un tel courage. C'est oublier qu'il y a bien plus dangereux qu'une lame de couteau pour une femme. Le sexe d'un homme par exemple. Bizarrement, c'est Ferdinand Céline qui l'a pensé avant moi.

À ce sujet, pas certain que la taille de l'arme ait de l'importance, ni qu'un parapluie normand soit d'un grand secours, ni même les cours de krav-maga.

Si je m'en suis sortie avec ce criminel, qui n'est toujours pas arrêté, même si on connaît son nom car il a un casier judiciaire long comme un bras de géant, j'ai succombé à la seconde mauvaise rencontre une semaine plus tard.

Fragilisée émotionnellement, je suis partie en train vers le grand et incontournable Salon du livre des feuilles et des mots. Dans ce salon, les organisateurs mettent à disposition des blogueurs et des blogueuses littéraires, non professionnels, un stand très sympathique.

Durant le trajet, une appréhension m'avait saisie. Cela m'arrivait parfois quand, enthousiaste, des crises de stress positif m'assaillaient. C'est un stress dont on se remet de façon remarquable, heureusement. Mais cette fois, aucune belle nouvelle pour moi à l'horizon. Mon état instinctif me préconisait de ne pas y aller. Cette angoisse négative provenait vraisemblablement de l'incident. En effet, à la moitié du trajet, le TGV avait subitement écrabouillé un obstacle non identifié. De mon siège, assise dans un compartiment à l'avant du train, j'avais ressenti avec un certain malaise le broyage de branches, sans vouloir imaginer que cela pouvait être des os. L'idée de ressentir l'écrasement d'un être vivant, et d'être bien malgré moi complice de sa mort en lui passant sur le corps, me terrorisait. J'imaginais le pire, c'est-à-dire un suicide, mes voisins et voisines également.

En fait, c'était un sanglier.

Le train avait été arrêté en pleine campagne durant deux heures, le temps que les techniciens vérifient l'état mécanique de la locomotive et nettoient les éléments souillés. Nous étions repartis au ralenti durant plusieurs kilomètres, et une boule d'angoisse m'avait saisie. J'avais envie de rentrer à la maison, rejoindre mes citrouilles en pleine expansion à ce moment de l'année dans mon jardin. Sans oublier Galette-Saucisse, mon poilu Norvégien ambré chasseur de vipères, dont il m'offre les dépouilles en les posant sur mon lit.

Je pensais à toutes les besognes et choses que j'avais laissées à regret. Briac était sous la mer en mission à ce moment-là.

Même si participer à un salon du livre pour une blogueuse est important, je n'avais plus envie d'y aller. J'étais pourtant attendue et invitée avec d'autres copines venues de toute la France à présenter mon travail lors d'un plateau littéraire.

En arrivant, après avoir essuyé un assaut de tachycardie, avalé des ampoules de magnésium, un peu fatiguée, je me suis installée au stand aménagé spécialement pour nous, après avoir déposé ma valise à l'accueil. L'une des libraires du salon m'a accueillie chaleureusement. Je connais Laurence depuis des années. Le week-end finalement s'annonçait bien. J'avais apporté des madeleines au miel, concoctées la veille à la maison, pour les offrir aux écrivains et écrivaines que j'allais rencontrer. Je les ai disposées dans leur boîte sur la table centrale, puis je suis retournée à ma place. Entourée de livres, je ne craignais rien.

Éric au krav-maga nous donne l'idée de nous défendre avec ce que nous avons sous la main :

– Un livre bien lancé peut faire mal. À condition de l'ouvrir au milieu, et de le balancer vers l'ennemi à la manière d'un frisbee et d'en lancer d'autres à la suite. Mais oubliez les formats de poche ! Pensez surtout aux grands formats. Visez juste. Un adversaire qui se relève est une victime morte.

Il nous avait également montré une clé de bras efficace censée immobiliser par la douleur tout provocateur. Bras en arrière et main retournée. Notre groupe s'exerçait avec de vieux bouquins, des dictionnaires, des livres de cours que chacun apportait. Il y avait durant ces stages « Bouquins et magazines, des armes comme les autres », de nombreux professeurs.es, mais aussi des amis parmi les soignant.es, quelques pompiers et des commerçant.es.

Ici commence ma seconde agression du mois de septembre de l'an passé. Mon cœur affamé s'est vengé d'avoir été mal nourri. C'est incroyable comme en quelques instants la faim que l'on cache nous soumet. Je n'avais jamais songé à un autre homme que Briac, et je n'avais jamais tenté mon corps, ni un autre corps. L'aventure hors-sol de l'envie efface toute sagesse malgré le danger de mort. Ensuite, dès qu'elle s'enclenche, au fur et à mesure de l'épopée, c'est Halloween tous les jours.

Je commençais à prendre mes marques dans le salon, saluant des écrivaines et écrivains ici et là. Je ne tournais pas le dos au danger. Je l'ai

72

donc pris en pleine face, vent debout. Un prédateur en face de moi derrière sa pile de livres me regardait.

Je n'avais pas de parapluie sous la main mais des romans offerts par les éditeurs, posés en face de moi. Je les présentais aux éventuels lecteurs et lectrices en leur donnant envie de les lire et de les acheter. Ayant seulement un mètre à ma disposition, je rangeais les miens dans un ordre mystérieux, tel un alignement de pierres mégalithiques.

Les piles des romans de l'écrivain d'en face, rangées de manière rectiligne, au millimètre, semblaient avoir été tirées au cordeau. À chaque fois qu'une personne s'approchait d'eux et les dérangeait, il sortait de son stand pour les remettre en place.

Le maniaque s'approcha de notre stand. Les copines autour de moi gloussaient de plaisir, redressaient les épaules, j'avais un morceau de madeleine dans la bouche :

L'une d'elles a murmuré :

— Oh, oh, Pierre-Philippe Seigneur en approche.

Je lisais ses chroniques, mais j'ignorais quelle tête il avait. Il sentait le cigare. Je lui ai tendu la boîte de madeleines :

— Vous en voulez une ?

— Non merci, ce ne sont pas les gâteaux que je viens voir, mais vous.

Scary, scary (bis), coupe ton sourire et ta lumière, Gaëlle, c'est le moment d'avoir l'air antipathique. Son refus aurait dû le rendre rédhibitoire à mes yeux. En effet, j'aime les gourmands, les bouches sucrées. Les hommes qui aiment les desserts sont tellement plus gentils, selon moi. Sans oublier, les rares compagnons de vie irrésistibles comme Briac, capables d'avaler un petit déjeuner jusqu'à l'infini.

Ma petite voix tonnait :

– À ton fantasme affamé, Gaëlle, tu ne donneras pas le cœur infréquentable d'un journaliste hyper connu à deux boules, probablement adepte de l'allaitement maternel.

J'ai oublié mes distances de sécurité. Difficile de les maintenir de manière raisonnable lorsqu'un écrivain, qui plus est journaliste, vient vers une blogueuse. C'est un peu comme lorsqu'un vendeur de crème glacée de Quimper vous offre de la chantilly, non industrielle, avec votre cornet de sorbet aux fraises gariguettes, sans vous compter de supplément… ce n'est pas le moment de dire « non, merci ».

De plus, les filles se pâmaient derrière moi. Mon orgueil m'a endormie.

Mon cœur m'avait pourtant pincée très fort en guise d'avertissement, au moment où il m'a serré la main. Pincée, c'est-à-dire que si j'avais eu à le dessiner à ce moment-là, il aurait ressemblé à un muscle ensanglanté planté de clous rouillés, ficelé grossièrement, tel un rôti de Pâques, à l'aide d'une ficelle de boucher, apprêté étrangement ainsi, par un ensorceleur et jeteur de sorts. Autre signe, autre alerte, un peu plus tard, des sifflements ont envahi mes oreilles. Des acouphènes stridents, dignes des concerts du groupe Ultra Vomit au Hellfest de Clisson, m'ont attaquée.

C'est très rare d'écouter vraiment un cœur. Je préfère, comme beaucoup d'humaines, le calmer à coup d'oligoéléments.

□

Il me manquait quelques stages de krav-maga, car plantée face à un homme insidieusement dangereux, je n'ai rien vu des attaques passives qu'il a lancées contre moi. C'est vrai, en me le remémorant, ses yeux n'étaient pas vraiment centrés au moment où il a croisé les miens, impossible de saisir son regard.

Éric nous met en garde :

— Un futur agresseur, femme ou homme, au premier abord ne regarde jamais fixement sa victime. Il ou elle donnera l'illusion d'être neutre et bougera les yeux par des petits mouvements saccadés. Cette mobilité lui donne l'impression de ne pas être vu.e. Remarquez bien cela.

Les âmes noires ne veulent pas que l'on saisisse leurs intentions dans leurs pupilles. Elles portent souvent des lunettes de soleil. Oh ! Éric ! Comme je regrette de ne pas t'avoir embauché comme agent de sécurité et garde de mon corps.

L'homme, après m'avoir nerveusement serré la main, s'est présenté :
— Nous sommes voisins, je suis Pierre-Philippe Seigneur.
J'ai posé le reste de ma madeleine :

— Gaëlle Aniken, blogueuse littéraire.

— Avec un nom pareil, vous êtes bretonne.

— Non, corse !

À son regard genre trou noir très profond ayant dépassé le stade de la vitesse de la lumière pour l'éternité, j'ai rectifié :

— Oui, bretonne de la presqu'île de Crozon.

— Oh ! mais je connais, j'y allais souvent autrefois avec ma femme. Le sentier côtier GR34, le Cap de la Chèvre, le cidre, le dolmen de Rostudel.

Enthousiaste, j'ai poursuivi :

— Un site entouré de fougères et vraiment peu accessible, proche du Cap de la Chèvre où j'habite d'ailleurs. Vous avez remarqué le voilier aux voiles dépliées, gravé sur l'une des trois pierres tenant sa table horizontale ?

— Mais non, pas du tout.

J'ai levé mon index et récupéré mon sac pour attraper mon téléphone.

— Regardez, je l'ai photographié.

Il a alors approché ses doigts des miens afin de zoomer sur les détails de la paroi de la pierre mégalithe. Nous aurions pu dire à ce moment-là, tandis qu'il n'y avait que quelques secondes que nous nous connaissions, que nous étions déjà les meilleurs amis du salon. Nos doigts se frôlèrent dangereusement, et surtout nos hanches se touchèrent.

— Ma femme aurait aimé voir cela, elle qui est prof d'histoire-géo.

Quelle jolie petite musique de fond aux paroles débandantes, non ?

Autrefois et *femme* : il est marié, il n'a pas dit ex-femme, et ne part plus en vacances avec elle en Bretagne, ou en vacances du tout. Parler de sa femme au premier mot ? C'est aussi annoncer la couleur : je cherche à baiser, et rien d'autre. Ma femme, qui n'est pas au courant que je suis un dragueur de salons du livre, est une armure parfaite, mon alibi pour ne pas mettre de sentiments dans tout cela. À peine commencé le plat d'entrée, il me dévoile la recette de notre future rupture, pour ensuite quitter la table dressée sans fleurs ni nappe bien avant le dessert.

— Si tu veux bien, Gaëlle, on se tutoie, viens me voir tout à l'heure, nous irons boire un *truc* ensemble.

J'ai répondu :

— D'accord, on se tutoie. Oui, je veux bien aller boire un thé avec vous, oups, avec toi.

Il m'a fait un clin d'œil en levant son pouce et est retourné à sa table où l'attendait une foule compacte. Je n'ai pas vu de signaux dangereux à ce stade, si ce n'est que boire un truc, ça faisait un peu bricolage.

À l'heure du thé, je l'ai écouté me confier avec le plus grand sérieux sa passion pour le siècle des Lumières, qui avait certes engendré le principe de la dignité humaine mais aussi permis de couper les têtes trop hautaines. Je pensais encore qu'il jouait un rôle ou quelque chose comme cela. Sa froideur ne m'impressionnait pas. Une crème moelleuse fouettait forcément son âme de temps en temps. Naïve, je n'imaginais pas qu'un homme glaçon ne puisse pas, à un moment donné, se mettre à fondre.

Il s'est ensuite éloigné pour mieux m'examiner. Il m'écoutait en venant près de moi de temps à autre. Les recommandations de lecture des blogueuses sont nos miroirs, nos doubles. Il ne me connaîtrait jamais mieux qu'à ce moment-là d'ailleurs.

Éric nous apprenait depuis deux ans à soigner notre posture, à écouter notre instinct :

— Pour contrer un agresseur, vous devez être attentif à votre environnement en utilisant vos cinq sens. Ce qui implique que vous ne devez pas avoir d'écouteurs dans les oreilles. Remarquer un potentiel agresseur, marchant de façon tendue et ayant les mains dans les poches ou dans le dos, ne s'apprend pas à l'école. C'est en observant que vous le remarquerez. Votre corps saura avant vous. Vous devrez alors lui montrer de manière ferme que vous l'avez repéré. Vous braquerez votre regard dur sur lui ou elle. L'agresseur recherchant une victime l'observe souvent bien avant de l'approcher. Il peut être assis loin de vous ou tout près. La majorité des gens sont agressés par des gens de leur environnement proche. Des signes lui indiquent si vous êtes une bonne victime. Une proie a souvent une attitude familière, souriante, ouverte. Elle n'a pas l'air d'avoir de tonus dans sa posture. Nous devons, si nous nous sentons en danger, armer nos poings en repliant nos doigts et tendre nos muscles entièrement.

Juste pour avoir la sensation d'un petit twist dans ma vie, négligente, je zappai ses conseils de bon sens.

Pierre-Philippe Seigneur glissait les mains dans les poches de sa veste caca d'oie dès qu'il se levait. Et avec mes doigts allongés sur des livres que je cajolais comme s'ils étaient en platine, après être allée les faire dédicacer aux écrivains et écrivaines, j'aurais eu du mal à serrer les poings. Il m'avouerait plus tard que l'indifférence envers lui, qu'il semblait entrevoir de ma part, l'a enragé. Le journaliste chroniqueur littéraire de la revue *Les livres de la vie*, le magazine le plus lu des lecteurs et lectrices, mais aussi des libraires et des médiathèques, avait attendu durant deux jours que je lui fasse signe avec plus d'enthousiasme et d'intérêt.

Ses romans portaient tous un titre de saison, *AUTOMNE*, *HIVER*, *PRINTEMPS*. Le roman *ÉTÉ* n'était pas encore écrit, ni même pensé. Ce serait moi l'été, la mauvaise saison, chaude, lumineuse, étouffante, je ne le savais pas encore à ce moment-là.

Lui, si.

***

J'apprécie en principe les hommes rieurs, lumineux. L'homme avait plutôt l'air d'avoir tout juste enterré sa mère aimée et sa grand-mère adorée le mois et les jours précédents. En tout cas, il ne ressemblait en rien à celui qui signait des chroniques hilarantes et intelligentes que je lisais chaque mois dans sa revue. Pourtant, c'était bien la même personne, tout le monde semblait connaître sa biographie. Il suffisait de compter le nombre d'écrivains, d'écrivaines et éditeurs et éditrices qui vinrent le saluer tout au long de la journée et le lendemain.

Ces chroniqueurs comme Seigneur font partie des atouts incontournables au moment de la sortie d'un bouquin. Ne pas figurer dans ce magazine signe pour eux ou elles généralement un arrêt de mort. Paternalisme rejoué à l'infini. Un livre, cet insondable objet, ne se suffit pas à lui seul, un journaliste doit l'adouber dès sa sortie en librairie ou des semaines avant.

L'anagramme de chroniqueur en neuf lettres : CONQUÉRIR. Il venait de publier son troisième roman, *AUTOMNE*, dans lequel il racontait une histoire amoureuse entre un héros qui avait failli disjoncter grâce à la complicité d'une héroïne bipolaire, complètement électrique ; une jeune femme dont il semblait être tombé amoureux. Le héros avait aimé ce glissement vers l'instabilité de sa compagne.

Comment aurais-je pu le remarquer ? Grande, je ne suis pas attirée par les hommes de petite taille, ou nerveux ; ou les agités ne tenant pas en place, ce qui est son cas. Maintenant, avec du recul, je trouve qu'il ressemble un peu au dictateur et assassin Lénine, en momifié évidemment.

Bouge serrée, lèvres pincées, froideur.

Son succès est adossé à une recette rituelle, m'apprit un ami blogueur. Ses romans s'inspirent de ses relations avec les femmes. L'amante, devenue comète – disons plutôt ellipse à force de tourner dans le vide –, essaiera de rester brillante le plus longtemps possible autour de son axe. Une façon pour elle d'exister et de ne pas devenir invisible à l'œil nu. Une manière de ne pas se délayer complètement. En résumé, ce romancier dissout une femme qu'il a séduite par livre publié. Malgré les avertissements, je plongeai dans la marmite de PPS remplie d'un magma gélatineux. Après m'avoir emmenée à la bonne température, il baissa très vite le feu, et je commençai à mijoter.

PPS n'écrit pas ses livres, il s'écrit lui, se gardant la place du personnage central pour donner de la puissance à ses textes. Pour cette odieuse entreprise, il a besoin de personnages secondaires sans oublier un personnage de troisième classe. Une femme, de préférence, provinciale en particulier – les lieux célèbres et connus attirent les lecteurs – et sachant un peu écrire. Certains hommes cherchent des amantes dans les salons, lui cherchait le ton au-dessus, une nouvelle héroïne à faire souffrir, à torturer psychologiquement pour un nouveau roman.

Il m'a estimée assez naïve pour l'incarner ; malgré mes kilos en trop, censés me protéger d'à peu près tous les prédateurs sexuels ; malgré mes quarante-neuf ans et des poussières, censés me rendre imperceptible de tout amant sexuellement performant sur Terre. Ce week-end-là, le minotaure à deux jambes, à la bouche écumante, guidé par le fil tendu dans un labyrinthe dans lequel je venais d'entrer, m'a suivie.

Il m'a aussi dévorée des yeux les pieds. Je portais par négligence, avec ma robe bleu marine imprimée d'hirondelles blanches, des sandales ouvertes à talons compensés. Une blogueuse remarquant ses allées et venues vers moi m'avait elle aussi prévenue :

— Oh, oh, tu as les chaussures adéquates dis-moi, elles vont plaire à Seigneur. Tu aurais lu son roman

PRINTEMPS, tu saurais qu'il diverge avec les pieds.

— Je ne l'ai pas lu. Comment ça les pieds ?

— Les pieds sont un passage obligé pour sa jouissance. Il en est fétichiste.

J'en étais restée bouche bée. Je n'allais pas enfiler des socquettes blanches, celles que je mets pour m'endormir dans les chambres d'hôtels et cachées dans ma valise.

C'est long, deux jours, avec des orteils renégats dont il est impossible de se débarrasser.

Pierre-Philippe Seigneur s'était renseigné sur moi en pianotant sur les réseaux sociaux ; en questionnant les écrivains.es présents.es. Gaëlle Aniken, quarante-neuf ans, pharmacienne, blogueuse bretonne, habite à Crozon, bénévole à l'association Ar Stered.

Rien à signaler de plus.

RAS.

À part que j'aime la charlotte aux framboises et les petits déjeuners dans les restaurants des hôtels.

J'étais de toute manière censée être protégée par une liste de noms d'écrivains à éviter dans les salons. Les blogueuses avaient rédigé une liste de quelques prédateurs. Elle n'était vraisemblablement pas à jour.

Une liste d'hommes au manque absolu de beauté. Ces dragueurs lourdauds qui déboulent dans les salons, ce grand terrain de jeu littéraire, et qui annoncent leurs options de joutes sexuelles. Et qui jouent aux adolescents privés de leurs mères-épouses, le temps d'un week-end.

Écrivains, journalistes, lecteurs, ils mettent en joue, pointent et enserrent. Les victimes ont entre dix-huit et quarante-cinq ans. La moyenne se situant autour de la trentaine. Ils craignent les femmes en vérité, pas les jeunes filles. Prévisibles, ces séducteurs tiennent ce pouvoir de secouer la lumière et de promouvoir un livre, avant d'agiter leur sexe et s'imaginer ainsi conforter leur puissance : regarde bien, j'en ai un, et toi, tu en es dépourvue.

Jouer. Jouer avec l'autre, ce pas grand-chose de soi. Un coup de patte et un coup de sexe. L'un après l'autre, dans l'ordre ou non.

Seigneur n'apparaissait pas sur la liste.

Je pourrais laisser sur le chemin le souvenir de cet homme. Le cacher pour ne plus y penser. La presqu'île de Crozon où je vis est suffisamment vaste. Je pourrais enfouir le souvenir de cet être immonde, en dehors du monde, sous une pierre lourde et bienveillante de granite rose. Il est dissimulé désormais partout en moi. J'ai mélangé mes mots aux siens. Car s'il n'avait pas vraiment communiqué explicitement avec moi durant le week-end, le dimanche soir, lorsqu'il fut rentré chez lui, il m'écrivit un courriel, avant d'en écrire tellement d'autres.

***

PPS : *Coucou, Gaëlle. De retour à Paris, je suis dans mon appartement, la fenêtre ouverte à supporter les fracas de ma rue en ce début de nuit, bars, pieds aiguillés, râles de buveurs, voitures, tram, courses sauvages, police agitée. Je suis venu t'écouter, tu sais, lors de ton intervention et la présentation de ton blog. Je n'ai pas pu te dire au revoir, ni t'embrasser, car le train partait à 17 h 15. Encore moins te dire, Gaëlle, qu'avoir passé le week-end à tes côtés m'a plu, tu es une personne magnétique, et ce genre de rencontre attise l'imagination. Je pense à toi, Gaëlle, je pense à toi et… c'est à toi.*

Gaëlle : *Cela me fait plaisir d'avoir de tes nouvelles.*

97

PPS : *Je t'ai trouvée si pétillante, avec un corps si rond, si mignonnement équilibré, j'ai remarqué ton grand front. Signe d'intelligence.*

Gaëlle : *Ah bon ? mon grand front ? Personne ne m'a jamais parlé de mon front.*

PPS : *Ton front, oui, on voudrait poser la main dessus et y prélever ses pensées.*

Gaëlle : *On ?*

PPS : *Je !*

Gaëlle : *Bonne nuit.*

PPS : *Content que nous soyons connectés.*
☐

***

Le lendemain

PPS : *L'une de tes amies blogueuses m'a appris que tu cherchais un éditeur pour un manuscrit qui attend dans un tiroir. Tu sais, je connais beaucoup de monde. Tu peux compter sur moi pour le transmettre si tu le souhaites.*

Gaëlle : *Ah… je ne sais pas si j'oserais. Tu es si connu…*

PPS : *Mais si, ose, cent pour cent des auteurs publiés ont tenté leur chance, et moi, comme tu dois t'en douter, il suffit que tu me dises à quel éditeur tu aimerais confier ton roman et je te recommanderai.*

Gaëlle : *Mais tu ne l'as pas lu, tu n'en connais pas le synopsis.*

PPS : *Tu m'enverras tout cela, je te fais confiance si tu me fais confiance. En échange, je te demanderai un service.*

Gaëlle : *Oui, volontiers, si je peux t'aider.*

PPS : *M'aider, disons que je ne vais pas te mentir, car tu me troubles. J'aimerais que nous nous écrivions un peu pour faire connaissance. Serais-tu d'accord ?*

Gaëlle : *Pourquoi pas, je suis honorée, mais je ne sais pas trop ce que je pourrais t'écrire.*

PPS : *Je pourrais te poser des questions un peu intimes par exemple. Et tu y répondrais le plus sincèrement possible.*

Gaëlle : *Pourquoi pas, c'est d'accord, mais précise-moi un peu ce que tu attends de moi.*

☐

***

C'est long deux jours à être surveillée sans s'en rendre compte. C'est long trois mois également, car au moment où Seigneur a flashé sur mes pieds dodus, il y avait presque trois mois que mon mari et moi n'avions pas fait l'amour. Trois mois sans peau à peau. Briac, s'il n'était pas en mission par les grands fonds, était constamment appelé pour une urgence mécanique à l'Île-Longue, la base sous-marine où il travaille. J'ai accroché ma solitude à la sollicitude de quelques mots flatteurs reçus. Des mots appâts. Probablement envoyés à plusieurs destinataires féminines à la fois.

J'avais une vulnérabilité : un manuscrit chez moi attendait une maison d'édition. Je n'avais pas encore osé l'envoyer par la poste à l'une d'entre elles. Car pour être publiée en France, il vaut mieux avoir du réseau, être une star de la télévision et, surtout, surtout être journaliste. J'avais inlassablement le nez dans des commandes et des tiroirs de boîtes de médicaments à la place. Je patientais d'une rencontre, d'une occasion de le confier à un écrivain ou une écrivaine, ou journaliste justement, pour qu'il puisse arriver en haut d'une pile chez un éditeur ou éditrice. Même si cette pile arrivait au plafond. Je voulais lui donner une petite chance. J'y raconte la merveilleuse association créée par mon amie Jeanne Laouen. La maison qui l'abrite a besoin d'argent pour restaurer sa charpente ancienne. De plus, ses murs, qui ont été aménagés médicalement pour accueillir un ou une locataire en fin de vie, ont besoin d'une nouvelle décoration. Je m'étais dit qu'en racontant ce lieu et cette merveilleuse histoire, les droits d'auteur pourraient contribuer pour une petite partie à sa réfection. Une mini résolution, pour un grand objectif ! Car tout le monde le sait, le créateur d'un livre ne reçoit que dix pour cent de son prix. Quand ce n'est pas moins.

En rentrant à Crozon après le Salon du livre des feuilles et des mots, je n'avais qu'une hâte, c'était de retrouver mon blog, mes collègues de la pharmacie, mais aussi Jeanne Laouen. Celle qui remue la pâte à galettes de farine de sarrasin avec ses mains :

– De la farine de blé noire écrasée à la meule, de l'eau filtrée par les falaises de mon puits, un œuf, du sel de marais salant, du poivre et des caresses, voilà ce dont a besoin une galette pour croustiller.

Se plait-elle à répéter à ceux qui veulent apprendre à les concocter selon sa méthode.

Une femme pur label produit de Bretagne, chez qui je passe beaucoup de temps. Mon amie m'a appris le breton et beaucoup d'autres choses. Par exemple qu'autrefois dans le Finistère, il y avait des causeurs de cimetières. Ces hommes, encapuchonnés comme l'étaient autrefois les pèlerins, tapaient deux petits galets blancs sur les tombes afin de communiquer avec les morts, à l'aide de messages proches du code morse que ces hommes traduisaient aux vivants. J'ai toujours deux petits galets blancs avec moi lorsque je rends visite à ceux qui ne sont plus là.

Jeanne avait hérité de sa grand-mère, à l'âge de vingt-cinq ans, d'une ferme isolée d'un hameau maintenant déserté, proche du chemin côtier. Elle avait alors aménagé cette vigie dressée en bord des falaises. Elle met depuis lors l'endroit à disposition des personnes en fin de vie. Des malades en quête de paysages et de paix. Les bénévoles dont je fais partie planifient les nombreux soins médicaux, et rendent visite à la personne qui est accueillie. Pour ma part, je leur fais la lecture de pages éclairées uniquement par les flammes d'un feu de bois provenant d'un poêle autrichien, émaillé bleu et blanc, tapissé de dessins d'edelweiss. J'aime leur lire des poèmes de René Char, les livres de Colette, de Julien Gracq, les si tristes de Charlotte Delbo. Martine, qui souffrait d'un lymphome en phase terminale, et moi avons pleuré ensemble, l'an passé, en découvrant le sublime roman biographique de Bakhita, l'héroïne du roman de Véronique Olmi. Nous rions aussi, avec les histoires si tendres de Virginie Grimaldi.

Ces malades très fébriles déposent leur vie ici un instant, dans un présent à découvrir. Un moment qui leur appartient et qu'ils s'approprient. Ils sont souvent à la recherche d'un sens véritable et universel à leur venue au monde.

Les travaux pour rendre les lieux confortables et pratiques ont été effectués par les amis de Jeanne, eux aussi bénévoles. Des hommes et des femmes sachant fabriquer et donner de leurs mains généreuses. Une espèce en voie de disparition. C'est dans sa maison contemplée par la mer, agitée par les vents, que ma mère a autrefois choisi de vivre ses derniers jours. Là où elle m'a confié un véritable trésor, sa dernière leçon de vie :

— Tu sais, Gaëlle, sans mon cancer qui m'a amenée jusqu'ici, sans la compagnie des falaises, entourée de l'univers, je serais morte dans la souffrance.

Ar Stered, veut dire en français « les étoiles ».

◻

***

PPS : *Donc, Gaëlle, pour commencer, tu m'écris et je te réponds. Je te propose un premier moment épistolaire pour nous découvrir en liberté, puis, si tu le veux bien, nous nous découvrirons dans la réalité. L'écriture et l'amour, selon moi, sont deux passions que j'essaie d'exercer avec talent.*

Gaëlle : *En gros, tu me dragues ?*

PPS : *Pour te répondre, oui, je te drague, mais la finalité est bien plus extraordinaire qu'une relation ordinaire. Je veux que nous existions à travers l'écriture pour faire naître la plus intense des aventures. Une aventure avec les mots, puis peut-être un jour avec nos corps de temps à autre.*

Gaëlle : *C'est dangereux l'aventure avec toi ?*

PPS : *L'aventure avec moi peut être dangereuse, mais le danger peut également inspirer et t'inspirer. Tu verras, nous nous écrirons longuement pour peut-être un jour nous réunir d'une autre manière. Toutefois, pour cela, nos mots doivent devenir intenses.*

Gaëlle : *Écrire un livre en vrai, vivant, sans savoir où il mène, l'aventure au corps à corps, lettre à lettre, m'amuse.*

PPS : *Tu as réussi brillamment ton premier essai il y a quelques jours.*

Gaëlle : *C'est-à-dire ?*

PPS : *Mais voyons, tu m'as répondu ! C'est déjà la promesse d'échanges que j'espère* singuliers, car vois-tu je n'ai pas l'habitude d'écrire à des femmes que je viens de rencontrer.

Gaëlle : *Ah bon ?*

PPS : *Je veux écrire que c'est la première fois que cela m'arrive d'écrire à une femme après l'avoir rencontrée dans un salon. Crois-moi, et c'est parce que tu en vaux la peine. Je suis plutôt discret en général sur la toile, mais je ne connais pas bien le monde des blogueuses littéraires, j'ai envie de le découvrir grâce à toi.*

De plus, comme je vois que tu es enthousiaste, et pour te remercier, je te promets de m'attarder à la lecture de ton manuscrit. Je l'ai reçu hier.

Gaëlle : *Oh ! merci ! Tu n'es pas obligé.*

PPS : *Ne t'inquiète pas, cela me fait vraiment PLAISIR.*

***

De nombreux artisans ont participé autrefois au projet des Étoiles de Jeanne. L'ensemble imposant en pierres, aux volets bleus, possède une vue inimaginable. Chez elle, l'argent ne pèse plus ses milliards, car ce qui importe c'est l'amour et la pleine conscience de la vie, et cela même si les résidents arrivent au terme de la leur.

Chez Jeanne, il n'y a pas d'injonction au bonheur, pas de sentiments heureux forcés. En plus d'une équipe médicale, des kinésithérapeutes et des ostéopathes interviennent, mais aussi des naturopathes. Sans oublier des coiffeuses, des esthéticiennes, des magiciennes ou des rebouteux. Les repas sont concoctés avec amour par

113

Jeanne, avec des produits que plusieurs d'entre nous lui apportons de nos potagers et arbres fruitiers. Si je n'avais pas été si impatiente de publier mon manuscrit – né mais sans vie –, rien de tout ce qui m'arrive ne serait probablement jamais survenu. Mon roman en s'inspirant de l'expérience de ma mère ayant vécu ici, durant son dernier trimestre, rend hommage à celle qui a eu l'idée de créer un endroit pareil. Un espace ne ressemblant à aucun autre, où les gens meurent entourés d'amitié, bercés par la chanson des vents et ceux des grands et plus petits oiseaux de mer.

Selon Jeanne, les âmes des personnes décédées s'entendent dans le frôlement des ailes et des cris des oiseaux de mer. Après son déjeuner, elle nourrit une ribambelle de volatiles avec les restes de son repas.

Les habitués ont un prénom, inspiré de ceux des trépassés de la commune, amis et bâtisseurs avec elle de sa communauté dont elle est l'unique représentante encore en vie. Paulette, le goéland le plus teigneux, se sert en premier. En effet, sa voisine Paulette rejoignait la première le petit camion de l'épicier. Dès qu'il klaxonnait pour prévenir de son arrivée, elle trottinait vers lui comme une morte de faim.

Armel est le goéland qui attend avant de prendre sa part. Ouvrier agricole, il ne s'est jamais révolté de son vivant, et s'est toujours contenté des miettes, mais il est aussi le plus mince et celui qui vole le plus haut. Il a réparé la charpente de la maison en ruine au moment où Jeanne en a hérité. Ewen, le maçon, est le cormoran au cou tordu comme son pendant humain qui souffrait d'une cyphose. Judicaël, qui a été le chef des travaux d'Ar Steren, armateur autrefois, était un sensible. Il est d'ailleurs mort de chagrin quand sa femme l'a quitté. Son goéland crie plus fort que les autres. Anaëlle est une petite et douce mouette, maligne, on la prendrait en pitié. Elle a tenu ce rôle toute sa vie. Religieuse, elle a créé le jardin du domaine en plantant des herbes aromatiques, les saintes. Il y a aussi Loïc le pêcheur, c'est le corbeau indocile. Lui se pose sur le menhir rond et féminin que l'on peut apercevoir de la fenêtre de la chambre de la longère. Lorsqu'il était encore vivant, en plus d'aider à la maçonnerie, il apportait sa pêche invendue à Jeanne dont il était amoureux.

À la mort accidentelle de mon fils, j'ai cherché l'oiseau qui porte son âme, je l'ai trouvé dans la patiente et calme aigrette garzette. J'aime ses grandes pattes noires et ses chaussettes jaunes. En breton, c'est an herlegon bihan. Son vol puissant me fascine, elle plane en silence et se réfugie dans un endroit que je ne peux atteindre qu'avec mes yeux, entre landes odorantes et pins, vers la grotte de l'île Vierge. Un antre sous le ciel. J'ai su que c'était l'oiseau choisi par mon fils Mathias pour y déposer son âme. Lorsque je le vois apparaître, une sensation de calme m'envahit.

Un jour, cet oiseau blanc et gracieux de marais mais aussi des eaux fortes, remuant les nuages de ses battements d'ailes, viendra me chercher. Parfois même je tends mes bras vers lui. Avant d'apprendre à parler le breton, je ne pouvais pas parler aux oiseaux, ils ne comprennent que ce langage des falaises, une langue libre et affranchie. Maintenant, je bavarde avec eux dans la langue des Celtes, et lorsque je n'ai plus de mots, je tapote les deux petits galets blancs ne quittant pas mes poches.

☐

Gaëlle : *Pourquoi souhaites-tu autant que nous nous écrivions, nous pourrions nous voir prochainement ?*

PPS : *L'écriture est une façon de composer avec ma vie et celle des autres, non ? Elle est source de bonheur. Bon, allez, écris-moi quelque chose sur ta vision du bonheur.*

Gaëlle : *Il y a peu de chose à dire au sujet du bonheur : « Il se contente d'être lui-même, placide, presque somnolent. »*

PPS : *Gaëlle, c'est un passage d'une phrase de l'écrivain Jim Harrison ! S'il te plaît, ne pique pas les phrases des autres, je veux les tiennes. Rien que les tiennes. Je te veux toi dans tes mots.*

Gaëlle : *Je vois que tu vérifies tout sur le moteur de recherche.*

PPS : *Oui je googlelise tout, l'habitude. Donc allons-y pour le mot bonheur. Écris-moi sur ce mot-là.*

Gaëlle : *Le plus terrifiant des mots, le bonheur. Souvent fragile, il peut dévaster lorsqu'on le rencontre, un pied en bord de falaise, l'autre ancré sur une sente trop étroite. Lorsqu'il danse avec l'amour, leur tourbillon peut devenir tornade. Avant de se retirer, telle une grande marée, il laisse des traces sur le sable plus ou moins profondes. Trop souvent, le bonheur étouffe lorsqu'il rencontre la vie. Il a besoin de changer d'air.*

PPS : *Yessss ! Et quand revient-il, ce bonheur mélangé à l'amour ?*

Gaëlle : *Le bonheur mélangé à l'amour revient souvent lorsque la marée s'est retirée. Il efface toutes les traces.*

PPS : *Ah ! mais quel talent !*

Gaëlle : *Merci.*

Jeanne Laouen, en plus de concocter des galettes merveilleuses, nous apprend le breton avec une méthode bien à elle. En neuf mois, sa langue maternelle est devenue vivante pour moi. Elle l'apprend gratuitement à celles et ceux qui le souhaitent.

Les inscriptions à ses cours de breton se font sur une liste d'attente tant ils ont du succès. Nous ne sommes pas plus de douze autour de sa grande table chaque lundi, l'un des jours où je ne travaille pas. Pour motiver les futurs élèves et garder leur motivation, elle prépare ses séquences à partir d'un livre publié en 1969 en France, traduit de l'anglais cette année-là. Un best-seller vendu à des millions d'exemplaires à travers le monde. Je l'ai découvert et apprécié peu à peu grâce à elle.

Cet amour qui brûle au troisième degré, des Éditions de l'Évasion, disons-le rapidement, est un livre sensuel, à l'écriture dense, exigeante grammaticalement. Son écrivaine, Kelly Meadow, n'a ensuite plus jamais publié et est restée anonyme. Un professeur d'une université américaine avait émis une thèse à son sujet, plutôt bien accueillie, selon laquelle il s'agissait en fait de son directeur d'université de l'époque. En effet, cet homme avait quitté son poste du jour au lendemain. Un an après le succès du livre, il avait acheté une luxueuse maison à la campagne et n'avait plus jamais travaillé.

Kelly Meadow s'y connaissait en terroir puisqu'elle avait eu l'idée de donner des surnoms bucoliques à des positions amoureuses, transformant le lit partagé, entre ses héros Hedda et Harry, en un grand potager dans lequel de nombreuses péripéties survenaient ! *L'ignorance de la carotte. Le baiser cru de la mâche. La joyeuse tribulation de la salade. L'oignon frivole. La gueule de bois de la courgette.* Métaphores nous arrachant des heures de rires. Mais ce livre est aussi un livre sur la découverte de soi transfigurée par un grand amour.

La romance plaît à tous les bretonnants. D'autant que Hedda, l'héroïne de ce livre, va connaître le plaisir pour la première fois à son retour d'âge, cette affreuse manière de désigner la ménopause, avec un amant un peu plus jeune qu'elle errant de pays en pays.

Jeanne, en plus de son livre fétiche, dévore des livres d'amour, ces romances pour les jours de doutes — elle en possède des quantités, la plupart provenant de la même collection romantique des Éditions de l'Évasion, dont le siège est à Londres.

L'histoire du roman de Kelly Meadow est parfaite pour l'apprentissage du breton qui, au départ, est difficile à manier. Avec *Cet amour qui brûle au troisième degré*, en plus d'apprendre des mots utiles, ses élèves — dont j'ai fait partie —, en les découvrant, rêvent d'amour. Dès les premiers cours, nous voulons connaître la fin de l'histoire. Celle de

Hedda, un médecin, devenue veuve. Elle s'installe dans la grande île imaginaire et mystérieuse de Kador. Elle évoque sa passion torride pour un pêcheur côtier en transit dans son village léchant la mer. Il va lui apprendre la richesse de la nature. Le nom des oiseaux, des plantes, des poissons, de l'eau et l'amour physique qu'elle n'avait jamais rencontré vraiment, juste effleuré.

L'amour et la nature, des éléments que nous avons nous aussi, ici, en Bretagne. Si Hedda est attachante, Harry, son amant, l'est tout autant. Son message de bienveillance envers la Terre reste très actuel presque cinquante ans après la publication de ce roman. Harry craint la destruction en quelques décennies de ce que le monde nous offre depuis des millions d'années pour que nous vivions et respirions.

Les vieux exemplaires de *Cet amour qui brûle au troisième degré*, en format broché, sont posés sur la table de son séjour en petits tas. Jeanne en possède plusieurs en français, mais aussi en anglais – certains de ses élèves sont originaires d'Angleterre ; l'anglais qu'elle lit et écrit facilement puisque son père était originaire de Portsmouth. Beaucoup ont été rafistolés à l'aide de ruban adhésif. Jeanne l'a complètement traduit en langue bretonne à l'aide de sa machine à écrire et ses stencils, photocopiés désormais par les uns et les autres. Les élèves travaillent sur la traduction bretonne du livre, avant de se plonger dans l'édition française, pour s'autocorriger.

Il y a une dizaine d'années, j'ai donc découvert patiemment la belle histoire de Hedda et Harry, et j'ai réussi à l'acheter d'occasion en ligne, en souvenir. Je le connais par cœur.

□

✳✳✳

PPS : *J'aimerais aujourd'hui que tu m'écrives l'océan, l'océan quand tu te baignes. Hâte de te lire.*

Gaëlle : *Me baigner sous un ciel bouillonnant qui s'énerve. Mon corps fixe mes yeux clairs, s'isole dans l'océan de ma peau soumise aux flots. Je barbote au milieu des ombres mélangées, mobiles, paniquées autant que les gouttes.*

En nage. Suis-je calme dans mon refuge d'eau ?

Je l'attends, lui.

Quel bruit possible après le premier cri ?

Quel mot après le premier bruit ?

L'errance.

Les vacanciers fuient sous l'attaque, voix inaudibles. Cavalcades des amoureux sous leurs serviettes, jambes difformes, membres

129

tordus, seaux et râteaux colorés oubliés que les pères récupèrent en courant. Le sable s'y colle, on le secoue pour ne pas le rapporter dans les voitures, dans les maisons.

Au milieu des vagues soyeuses, j'enlève mon maillot de bain, le coince le long de ma cuisse gauche. Je plonge. Vient l'autre moment, quand le corps écarte l'océan et se glisse vers le fond. À la césure, la pression, qui nous relie à ce dont on est fait. L'eau nue. Respirer. Plonger. Réapparaître. Toujours ce doute, vais-je traverser ce miroir piqueté par l'ondée ? Et si la surface avait durci durant ma traversée ? Ma tête en premier, je nais encore. J'ouvre la bouche, pour l'eau douce. Je pétille des yeux rouges. La pluie parle fort. Je l'écoute s'écraser sur l'immensité liquide qu'elle titille. Je tends mon corps, comme on le tend à l'amour, la nuit en catimini, sous la couette. Je le donne à cette averse qui m'attaque en me suivant. Ça brasse. Je parle

*au ciel égratigné en lequel je déchiffre le poète.
Qu'y a-t-il vraiment de l'autre côté de l'eau ?*

PPS : *Mais tu es écrivain mon Dieu.*

Gaëlle : *Dans ce cas, écrivaine…*

PPS : *Oh, tu ne vas pas nous faire une leçon d'écriture inclusive.*

Devant la maison de Jeanne, un arbre veille. C'est Armorique. J'enlace son tronc en arrivant chez elle. Les druides femmes y dansaient autrefois, prétend ma vieille amie, et elle y a vu des fées avec sa grand-mère qui adorait cet arbre elle aussi.

Je la crois. Ce veilleur des falaises semble plus habile à me redonner de l'énergie que n'importe quel médicament. Sensible et déformé par les attaques extérieures, je lui ressemble. Désormais, je lui parle en breton. Il ne se moque pas de mon accent. Ce que je regrette, c'est de ne pas avoir écrit à Pierre-Philippe Seigneur dans cette langue, il aurait mis fin rapidement à sa pression des mots, en cessant de m'en réclamer.

Cette langue aurait eu la peau de sa patience.

Mais Jeanne m'avait confié que pour elle le breton était la langue la plus douée pour vivre l'Amour.

Vivre et amour sont des mots magiques auxquels il est difficile de résister. Deux mots qui ne s'accordaient pas avec PPS.

En écrivant chaque soir à un quasi-inconnu durant plusieurs mois, voici comment j'ai écrit en partie sans le vouloir l'un des best-sellers de l'année, sans même jamais avoir publié aucun livre. Le type a donc recopié de nombreux échanges par courriel que nous avons eus, plus de deux cents.

Les rejetons du démon ont parfois un visage d'ange, et quand bien même ils se cachent sous un autre masque, leur laideur si évidente paraît trop incroyable pour être véritable. Ils furètent, espionnent, étudient leurs victimes avec attention, et lorsqu'ils sont certains de leur saveur, ils leur sautent dessus. D'abord avec les mots rapides, PPS parle plus vite qu'il ne pense. Ensuite, ils nous écrivent et disparaissent alternativement. Ils attendent derrière leur ordinateur les mots de l'autre en faisant croire qu'ils ne les attendent plus.

C'est ce que PPS faisait. Il changeait de rythme lors de nos échanges, mettait ses réponses en suspens. Cela me donnait encore plus envie de lui écrire.

Il patientait afin d'obtenir des sensations épistolaires de moi, plus fortes encore que les précédentes. Quand mes réponses ne lui plaisaient pas, il me punissait en m'imposant des silences effroyables, me donnant l'impression d'être abandonnée. Je passais des heures devant mon ordinateur en espérant la notification d'un message venant de lui. Ce qui était ridicule car tout ceci restait virtuel. Un courriel, de toute manière, est toujours silencieux.

PPS, pour se ravitailler, m'a attaquée au cœur. Au cœur, là où le sang est le plus épais, le plus fort. Il s'est engouffré dans cet espace, vidé par les écueils et les empreintes féroces d'une existence. Pour moi, la mort accidentelle de mon fils Mathias m'impose une souffrance qui ne peut être racontée. Cette faille ne pourra jamais être comblée. Il était facile pour Pierre-Philippe Seigneur d'y prendre place. Je voulais rassasier quelque chose en moi qui a à voir avec le désir, alors même que mon mari Briac est l'homme le plus merveilleux que la Terre ait conçue.

Paradoxe d'une masochiste.

Pierre-Philippe Seigneur est un voleur. Expert en délit de fuite. Il vole : les organes et les pensées de ses amantes. Une fois leur corps devenu inerte, cette créature infernale les abandonne sans leur porter secours et s'enfuit vers un autre garde-manger. Il a inventé Valérie qui n'est autre que moi dans son roman *ÉTÉ*. Elle est blogueuse littéraire et serveuse. Je suis devenue pour lui une femme pourboire.

□

✳✳✳

PPS : *Écris-moi la lune en Bretagne, d'accord ?*

Gaëlle : *La lune est forte cette nuit, je suis sur ma terrasse et j'ai les cheveux mouillés, ils ne sèchent pas depuis mon bain de cet après-midi sous une chaleur colossale pourtant. Je la regarde, pile en face de moi, et elle monte par degrés, m'oblige à lever la tête, à me pencher et à changer de versant.*

J'aime la nuit parce que tout se tait et tout est là. Toi aussi, je me dis, tu dois regarder la lune.

PPS : *Beau, bravo ! Dis-moi, pour toi, quel est l'endroit le plus sensuel chez un homme ? Pour ma part, l'endroit le plus sensuel chez une femme, c'est les pieds. Ce qui exclut au moins 99 femmes sur 100, car les pieds qui me plaisent sont rares, très rares même. Les tiens en font partie.*

Gaëlle : *C'est bizarre ton histoire de pieds…*

PPS : *Ne parlons plus de tes pieds, et j'ajoute d'une phrase simple pour clore tout cela, j'ai envie de te voir. Gaëlle, me voici maintenant de retour à Paris, à l'instant. Donne-moi une date.*
Mais aussi, réponds-moi pour l'endroit le plus sensuel chez un homme.

Gaëlle : *Je pense que ce sont ses mains et la peau de ses oreilles… douce comme celle de son sexe.*

PPS : *Bon, si nous ne parlons plus de tes pieds, s'il te plaît, envoie-les-moi en photo, sur le sable, tu veux bien ?*

Gaëlle : *Bon, d'accord, je te les enverrai un jour.*

PPS : *Oh, merci…*

PPS : *Pour demain, écris-moi ton rapport avec les livres, toi qui es blogueuse. Parle-moi d'eux dans ta vie.*

Gaëlle : *Les livres, j'aime en corner les feuilles, les envahir de mots au stylo, leur donner de la couleur avec des surligneurs ou des tampons encreurs. Je les emporte partout avec moi, là où je suis, là où je ne vais pas, je vis avec eux. J'ai un rapport sensuel avec mes compagnons de vie bavards à leur manière. Ils peuvent me mettre en colère, m'agacer, me régénérer, m'envahir.*

PPS : *Tu veux dire qu'ils sont vivants ?*

Gaëlle : *Oui. Souvent beaux, d'une beauté infinie, immortelle, ils m'accoudent au temps. Bien sûr, par colère, impatience ou agacement, il m'est arrivé d'en jeter à la poubelle. Les autres s'empilent devant moi.*

PPS : *Quels sont tes préférés ?*

Gaëlle : *Les romans d'amour en général.*

PPS : *Oh… Et que feras-tu de tous tes livres à ta mort ? Tu as prévu quelque chose pour eux ?*

Gaëlle : *À ma mort, je voudrais être réduite en cendres parmi eux. Ils deviendraient le combustible de ma dépouille placée au-dessus d'un grand feu illuminant la plage de l'île Vierge. Mon corps se*

mélangerait avec les poussières de mots. Les
escarbilles.

PPS : *Comment choisis-tu tes lectures ?*

Gaëlle : *Je les choisis en les ouvrant
délicatement et en sentant leurs pages. Je
n'achète jamais ceux dont l'encre travestie de
chimie les dénature. Je repose dans les rayons
ceux dont les feuilles coupent les doigts
lorsqu'on les effleure. J'abandonne les
ouvrages lourds, peu maniables dont les
marges étroites et inconfortables obligent le
lecteur à en briser le dos. Je délaisse les
ouvrages aux couvertures bâclées et, parce que
je n'ai jamais tué personne, j'ignore les
sadiques, ceux dont les personnages tuent,
assassinent, torturent les êtres vivants.*

PPS : *Où les ranges-tu ?*

Gaëlle : *Lorsque l'homme qui partage ma vie s'absente, j'en accumule dans mon lit à sa place désertée. Durant plusieurs semaines, je rêve d'amour à leurs côtés. D'amour sans le faire.*

PPS : *Génial… Tu écris si bien, je suis tellement impressionné.*
☐

À la rupture du ciel et de l'air, sur la presqu'île de Crozon, Jeanne Laouen est une sage. Avec son félin Ginette sur les genoux, une chatte rousse et épaisse qui ne comprend que le breton, elle me parle d'amour depuis que je suis enfant. De l'amour qui fait taire les pensées pagailleuses dans nos cerveaux, de l'explosion de vie vraie qui en émane. Grâce à elle, j'ai rêvé de la force des menhirs, jusqu'à me tatouer ses lettres sur la poitrine. J'ai tenté d'éprouver la tempête pour connaître l'océan.

Jeanne partage ses lectures devant son feu de cheminée, ainsi que ses amours improbables et ses romances au kilomètre. Des scénarios artificiels, imposteurs, sans angoisse, offrant une confortable aventure. Dans une marge elle a annoté en breton l'un des romans qu'elle m'a prêtés : *« Le sexe ne mène à rien, le désir seul rend libre. »*

Son hors-texte, ce délice. Jeanne n'a jamais vécu avec un compagnon, sauvée par un fiancé parti avec une autre. Elle avait ensuite préféré l'aventure à la routine d'une relation. Elle m'a mise en garde contre le sexe sans amour. Elle avait aimé, d'un sentiment rare.

Depuis que j'ai lu le roman *ÉTÉ*, j'ai cessé de rire, elle s'inquiète.

L'eau salée, quand je me baigne, me pique désormais la peau. J'aime trop la nuit, je cours avec elle, vers son silence peuplé de vivant. Aux bêtes dans les buissons dont j'ignore le nom mais en reconnais l'odeur, j'offre ma peur. Je vis une histoire incontrôlable, comme la mort. Un pas de côté, mon pied m'a échappé. Je n'ai pas su le contrôler et j'ai aimé cette sensation. Durant les cours de breton, je prends en charge les débutants.

Une voiture se gare en face de la maison. Les habitués arrivent les uns après les autres. Je suis arrivée un peu avant eux.

Jeanne me pince la taille :

— Elle te va bien cette robe rouge. Tu as maigri ?

— Un peu.

Le cours de breton commence. Jeanne a préparé des fiches. J'aide les débutants pour leur traduction du texte en breton de *Cet amour qui brûle au troisième degré*. Ils sont une dizaine, coiffeuse, facteur, ouvrier, institutrice, cordonnier, potière, meunière, retraités. Deux heures plus tard, en m'embrassant pour me dire au revoir, Jeanne me glisse à l'oreille :

— On aime comme on meurt, avec la chair plus intensément qu'avec les mots, fais attention, ma belle, au chagrin. Protège-toi du mal avec un *e*.

Je hausse les épaules en lui souriant comme si tout allait bien :

— Promis, oui, promis.

Elle ajoute :

— Au chagrin de soi. Celui que l'on s'impose. Le pire de tous.

Je vais oublier ce qu'elle vient de dire en allant faire la lecture à Elsa, souffrant d'un cancer fulgurant du pancréas, résidente pour très peu de jours encore et, de toute évidence, des Étoiles. Dès qu'elle me voit entrer, ses yeux s'illuminent et j'oublie mes tourments en lui lisant des poèmes.

***

PPS : *Qu'aimes-tu dans une relation avec un homme ?*

Gaëlle : *Son baiser.*

PPS : *?*

Gaëlle : *Un homme qui embrasse bien, c'est une promesse de connivence et d'entente des corps. La langue a le même mouvement que son corps dans mon corps.*

PPS : *Tu es encore singulière, là ! J'ai hâte de t'embrasser.*

Gaëlle : *Quand les bouches se rencontrent... À peine entamé le baiser dessine ce que sera la rencontre. Une entrevue ou une confrontation. Au moment où les bouches se gagnent, les lèvres des amants racontent l'histoire au temps futur. La bouche contre la bouche, elle écoute dans cette coupure des souffles ce que lui offrira le corps de l'autre. Ce qu'il cherchera en elle. Muette à cet instant du désir, son corps prend la relève et se met à parler de sensations silencieuses pourtant.*

La bouche décide à l'avance du mouvement des reins, décide de ce qui sera fouillé des ténèbres. Le baiser s'accorde ou ne s'accorde pas à une histoire à son commencement.

PPS : *Tu es juste incroyable. Invente-moi une rencontre avec un homme dans ta presqu'île.*

Gaëlle : *Comment cela ?*

PPS : *Décris-moi la rencontre imaginaire avec un homme, un peu rustre par exemple, que tu ferais fortuitement.*

Gaëlle : *Bon, d'accord, j'essaie. Ce soleil, porté par des fées sous la prière des druides, se lovait dans leurs bras pour se bercer avant la nuit et ainsi éviter le vertige. Les falaises, à la juste distance entre la terre et le ciel, arrondissaient leurs épaules. Soudain, sous le ciel d'eau, les goélands hachurèrent l'air et portèrent mon regard vers lui. Depuis quelques jours, son bateau accostait un peu à l'écart de la digue, je restais immobile. Je voyais son vieux jean, ses bottes trouées. Engourdie, le dos contre l'arbre Armorique, j'attendais son regard pour bouger.*

PPS : *Géniale, oui, tu es géniale !*

Gaëlle : *J'habite vers la pointe de Lostmarc'h.*

PPS : *Décris-la-moi.*

Gaëlle : *Les maisonnettes sont collées les unes aux autres et font face, vent debout, enracinées dans la terre. Les pierres, plus que centenaires, sont parsemées de lichens dorés et de lierre et entourées d'andromèdes.*

PPS : *C'est quoi ?*

Gaëlle : *Une plante passant du rouge brillant au vert bouteille suivant les saisons, ses feuilles sont étroites et, au printemps, l'arbuste se couvre de clochettes blanches.*

PPS : *Ah… Je n'y connais rien en nom des plantes et, pour tout te dire, les connaître ne m'intéresse pas, car je n'ai pas de place pour retenir leurs noms. Raconte-moi encore… Toi. Tu n'as pas d'enfant ?*

Gaëlle : *Et toi ?*

PPS : *Non.*

Gaëlle : *Notre enfant, un petit garçon, s'est retiré, en pleine lumière, à l'heure du plus réparateur des sommeils, je dormais sur ma serviette de bain, le jour de l'équinoxe. J'étais censée le surveiller, il jouait dans une mare. Il s'est noyé dans quelques centimètres d'eau. Mort subite. Mort subie. Hydrocution.*

PPS : *… Je ne sais que te dire, à demain.*
☐

Mars, six mois auparavant.

À Crozon, la terre ocreuse jusqu'ici me protégeait d'une certaine forme de relations humaines déshumanisée. Désormais, le souffle des hauteurs me prend, me désarticule, me divise, l'air de rien. Je me mets à aimer la nuit nue et son chagrin. Un vent me plaque le cœur enchevêtré et m'étouffe. Je ne comprends pas ce que PPS me veut et je ne veux rien y comprendre. Il me propose une date, j'accepte de le rejoindre après avoir communiqué intensément plus de quatre mois par courriels avec lui. Nous passons quelques nuits à nous écrire les derniers messages en attendant le moment où nous nous verrons de tout près, avec cette capacité de nous rendre dingues l'un et l'autre.

Dingues d'envie l'un et l'autre. En attendant nos corps, nous échangeons sur eux, les mettons à nu. Se dévêtir avec les lettres. Je tourne le dos à l'océan. Lui écrire l'intimité, ce qu'il nomme imagination. Nous rêvons, ou je pense que nous rêvons, à la révolution par les corps, avec le corps. Ne plus vieillir, rester là en attendant la mort qui vient nous prendre. Se prendre, prendre ce qu'il y a à prendre avant que ce qui doit arriver nous prenne. L'amour plutôt que la mort, y croire et en souffrir, se voir, se désirer. Ne pas penser un seul instant que ce qui est écrit, mentalisé, n'est pas la réalité.

La veille, je suis allée à mon cours de yoga tantrique. Notre professeure a les cheveux très longs, des dents blanchies au charbon et elle marche très langoureusement comme le Christ sur l'eau. Son yoga est tantrique, et au départ je l'ignorais et me rongeais l'intérieur des joues dès que je rentrais à la maison, tellement le corps de Briac me manquait. Il aurait été là, tout mon moi l'aurait dévoré tout cru, tant le cours me mettait en feu les sens.

À chaque fois, mes cheveux, qui sentent l'encens brûlé à la fin du cours, m'agitent la peau de sensations et d'envies étranges. Mais comme Briac est absent lorsque je rentre à la maison, je dois éteindre mon corps hurlant. Un corps mis en route par des positions de ce yoga, toujours plus étourdissantes et m'ayant plongée à l'intérieur de moi. Je fiche le camp dans l'eau glacée de la baie de Morgat, habillée d'un maillot de bain d'été et d'une combinaison de plongée à l'étiquette calligraphiée de mon nom, mon adresse – mais rien sur mon âge – pour être identifiée au cas où je me noierais. Je nage, entourée du meilleur amant du monde : l'océan. Je nage dans le but d'affamer l'envie qui me tenaille. Je nage pour mettre fin à tout ça et éviter de rencontrer autre chose que l'eau froide.

Mettre fin à tout ça et éviter de chercher partout si Xavier Dupont de Ligonnès – soupçonné d'avoir assassiné sa famille –, avec sa nouvelle tête chirurgicalement transformée, ne me suit pas dans la rue pour me séduire et se réfugier dans ma maison vide. Vide, sauf de moi et de Galette-Saucisse et les animaux moribonds qu'il chasse. Vide d'un homme que j'aime, trop souvent absent. Je lutte constamment contre un sentiment diffus de peur. Je multipliais les activités à l'extérieur, jusqu'au jour où PPS m'a clouée devant un ordinateur et que ses demandes et ce que je lui écrivais ont comblé étonnamment ce sentiment de solitude. Soudain, j'ai eu envie de mettre fin à tout ce qui me reliait à ma routine. Même mettre fin au yoga m'a tentée. J'aurais alors échappé aux odeurs de sueur et de jus de chaussettes, émanant de la vieille pièce sans fenêtre. Une ancienne classe d'école nous accueille durant les instants où nous essayons de comprendre notre corps, en le tordant

en tous sens. Écrire à PPS a failli me
faire perdre la vie.

Ça se prépare comment une nuit d'amour avec un homme avec qui on a jouté avec les mots ? Que l'on a approché sans vraiment l'approcher ? S'épiler, se faire la peau douce, les ongles, ou rien de plus, rien de moins que lorsqu'il m'a regardée la première fois.

Ça marche comment un amant ? Je ne vais pas appeler mon amie Véronique pour le lui demander, elle ne comprend pas pourquoi je suis si préoccupée, happée par des soucis dont je ne veux pas lui parler.

Je ne sais plus à quoi ressemble l'homme à qui j'écris et pense jour et nuit. Nous nous sommes vus deux jours en septembre et durant quelques heures seulement.

Je ne sais plus à qui je ressemble.

À la gare Montparnasse, le temps sec annonce une nuit claire comme je la préfère. Dans Paris, je marche, je ne veux pas me mélanger avec les gens du métro, non pas par agoraphobie, c'est juste que l'anagramme de métro me freine : Morte. Je scrabble toute seule pour me détendre. Je porte un jean et une marinière. Marcher dans Paris, c'est penser breton. Je cherche la sensation du vrai vent sur mon visage, je reçois à la place des bouffées d'air.

Nous dînons à L'Étoile de Montmartre, où Seigneur me rejoint, mal rasé et pelliculeux des épaules. Il n'a pas dû acheter de vêtements depuis l'année de son premier salaire. Il aime cette brasserie possédant un carrelage d'origine et un zinc. Les serveurs sont adorables. Je souris trop.

À la butte Montmartre, nous évoquons ces gens des fossés, ces las de vivre, ces révoltés de la Commune qui ont été massacrés parce qu'ils réclamaient un peu de vie. Nous imaginons les moulins à vent, les canons, le temps des cerises, les baraquements disparus des artisans du square Léon-Serpollet.

Nous rentrons à l'hôtel par le métro cette fois. J'ai envie qu'il me frôle, mais il ne me frôle pas. Je suis sa passagère. Nous sommes des hasards l'un pour l'autre. Depuis quelques heures, je ne suis plus Gaëlle Aniken. Dans la chambre, il allume la télévision. Son téléphone vibre régulièrement. Le mien est éteint.

J'attrape la télécommande et coupe le son en gardant l'écran allumé, il ne dit rien. Il enlève sa veste et la jette par terre, s'assoit sur le lit, enlève ses chaussures, ses chaussettes, son tee-shirt. Il éparpille ses affaires. Marquage de territoire ? Le maniaque du salon du livre qui repositionnait ses romans au millimètre a l'air d'avoir disparu. Il se propulse sous la douche. Il est nu et je le regarde se laver, son corps se couvre de mousse. Je n'ai pas envie que ce soit mon tour d'être nue devant lui, mais ça va être mon tour.

Un corps à corps, voici ce qui m'attend, après des mots à mots.

Il est moche, je crois, vraiment moche. Je suis moche, vraiment moche. J'ai le même sentiment que dans le train en allant au salon en septembre dernier, quand le TGV a pris un sanglier. Ou quand le sanglier s'est pris un TGV.

Je veux rentrer chez moi.

***

J'attends d'approcher plus encore ce cœur avaricieux. Je suis une femme de talus, sans ville, sans banlieue à raconter, à ce moment-là, ce soir-là, c'est à mon corps de charrier les cailloux. Ce que nous nous sommes promis vient peu à peu. Comme elle est simple la rencontre des corps. Il est sur le dos, m'accapare. Je voudrais ne pas revenir à moi ni à lui. Je voudrais être plus tendre encore mais j'ai idée qu'il n'aimerait pas. J'ai idée de beaucoup et je dois inventer le rien, pour lui plaire, car je ne le connais pas malgré des centaines d'heures à penser à lui en lui écrivant. Je ne suis pas moi-même. Son visage se ferme, il retourne dans ses ténèbres. Je décroche, je m'ennuie.

Un bond de chat et il croise les jambes avec souplesse. Je me recule vers le mur contre les oreillers.

— Montre, montre tes pieds.

Je les gigote.

Il sourit comme on regarde un nouveau-né.

— Tes pieds sont tellement mignons, tellement vagabonds.

Les pieds deviennent le plus doux des endroits, il les regarde avec ses mains, il les dévore des yeux. Lâcher de corps. J'ai la robe encore tirée sur les genoux et, paumes contre les draps, je regarde le plafond, le blanc du blanc du plafond vide.

Conversation minimaliste :

— Tu es belle, Gaëlle.

Il m'embrouille.

— Tu as quel quotient intellectuel ?

— Mais je n'en sais rien, on s'en fiche, là, maintenant.

Je me lève. Il m'embrouille encore :

— Il y a quoi après la mort selon toi ?

— Moi, tu sais, l'important c'est que l'on mette mes cendres où je veux.

— Toi aussi tu veux être brûlée ?

— Oui, ma hantise, c'est d'être enterrée près de n'importe qui, genre un pédophile ou un criminel et subir toute ma vie un abruti comme voisin de cimetière.

— Toute ta vie ! qu'il rit… Viens-là !

Parler de la mort en cours d'amour.

— J'espère que tu as raison, Gaëlle, quand tu écrivais que lorsque le baiser est harmonieux les corps le sont aussi.

— Oui !

— Parce que là, je suis heureux dans ta bouche, tu le vois.

Je l'attends moelleuse, cette première bouchée. Je tends ma main, il me laisse lui caresser les cheveux.

— Viens, mais viens.

Il embrasse vraiment bien.

Sourires audacieux. Décoller du monde. Courir sous la grêle. Hop ! j'aime son côté chat. Le félin. La patte sur mon ventre. Ne pas devenir la souris. Je ne vais plus avoir cinquante ans. Il a un petit tour de tête, elle tient dans la paume de ma main. Avec des cheveux doux et fins. Je m'embrouille.

Et s'il est le monstre ?

Il murmure :

— Je te découvre, je te pense.

Son visage change de figure. Il avance ses mains vers mon cou. Oh ! mon Dieu, il va m'étrangler.

— Tu aimes ?

***

L'amour, ce mathématicien nul en calcul, n'arrive jamais à un résultat égal. Une touche de la calculette vient de sauter. Pourtant, je continue à chercher le résultat ultime. Tire la langue, Einstein, toi, tu sais, puisque tu es mort. Tu as cessé d'essayer, un corps à la fois, une âme à la fois. Un sexe, un sexe. Tu peux toujours multi et plier les partenaires, l'unicité prime lors de l'instant.

Nous ne sommes jamais qu'un et un.

Paire d'yeux, paire d'yeux, bouche à bouche, pieds à pieds, mains à mains, ventre à ventre, mot à mot, oreilles à oreilles, eau d'homme à eau de femme.

PPS répète :
— Alors, tu aimes ?

— Je ne peux pas répondre, crétin, tu me serres la gorge !

Vite ! avant de ne plus pouvoir réfléchir, penser aux mots magiques : krav-maga. Je suis pratiquement nue, bon sang, pas de panique, je suis dans un tel désordre de moi-même. Mon corps se révolte, il ne peut pas mourir dans un lit d'hôtel, d'où l'on aperçoit la tour Eiffel, même si c'est moi qui ai payé la chambre et qu'elle est superbe. C'est le moment de faire un croche-pied à Cendrillon, de jeter un seau d'eau glacée sur la Belle au bois dormant et d'envoyer Blanche-Neige à l'usine.

Écartèlement des bras de mon étrangleur avec par la violence par la force de mes coudes, je balance mon bassin, à bas la pudeur, le lit est mou,

c'est plus difficile qu'une prise au sol.
Pierre-Philippe Seigneur valse du lit.

Éric, je te bénis.

L'homme surpris s'excuse :

— Oh ! mais je ne voulais pas te faire peur, je suis désolé si j'ai serré ton cou un peu fort.

Il attrape mon pull en cachemire bleu.

— Il est doux, ton pull…

Je le lui arrache et l'enfile. Au moment où mes bras sont levés, je vois qu'il a pris une photographie avec son smartphone.

— Tu ne vas pas cacher ces jolis seins si fermes, si mignons, roses en plus ?

Il avance une main.

— Mais pourquoi donc as-tu tatoué « Menhir » ?

Je ne réponds pas, j'enfile mon pull.

Trop tard, il a vu ma rustine sur ma cuisse :

— C'est quoi ?

Je lève les épaules, je ne vais pas lui avouer que c'est un patch hormonal. Le temps n'est plus aux confidences. Je fais la fière, la marrante, seulement, il y a des points d'achoppement, je pense à cette opération il y a quatre ans. La mienne. M'obligeant à une sorte d'acceptation d'âge canonique, car ménopausée. L'inévitable malgré tout. Ma guerre. Mon enfermement.

— Tu ne vas pas t'arrêter là quand même ? Briser notre histoire à peine commencée. Il y a deux cents courriels entre nous déjà.

— Oui, surtout de moi je crois. Le mieux, c'est que tu partes, là, maintenant.

— Mais non, j'ai dit à ma femme que je suis en déplacement en Italie, je ne peux pas rentrer chez moi.

— Tu n'auras qu'à lui dire que tu as loupé ton avion.

— Oh mais elle va vérifier mon emploi du temps.

Je me tais. J'ai entrebâillé la porte et j'attends.

— OK, bon, tant pis pour toi, si tu le prends ainsi, mais si je reçois une réponse pour ton manuscrit, ne compte pas sur moi pour t'appeler.

Je lève les yeux vers le plafond. J'ai compris qu'il ne l'a jamais proposé à qui que ce soit.

Il s'habille, furieux :

— Au revoir, madame.

Pas un mot. Plus un geste. Le corps en révolution, je ferme la porte.

Le lendemain matin : aspirateur dans l'hôtel.

SMS n° 1 : *Tu vas le regretter.*
SMS n° 2 : *Allez. Je fais super bien l'amour et toi aussi, j'en suis certain. Allez, laisse-moi revenir dans ta chambre !*
SMS n° 3 : *J'ai un hématome sur le bras et sur le ventre.*
SMS n° 4 : *Tu ne sais pas à qui tu as affaire.*

Blacklister le numéro de Seigneur, un homme qui appelle ses amantes « madame », sans chercher à savoir qui est le pire de nous deux.

J'aimerais blacklister également mon propre numéro.

Fin de nos joutes de mots.

□

***

Deuxième quinzaine de septembre, alors qu'avec les copines nous avions marché dans les sentiers des douaniers et que je m'étais attardée chez l'une d'elles à l'heure du thé, Briac, lui aussi en vacances, avait trouvé le roman *ÉTÉ*, sous la pile de rouleaux de papier-toilette où je l'avais caché.

À mon retour, j'avais compris qu'il avait reconnu une partie de moi sur la couverture. Le livre gisait dans notre salon, il l'avait déchiré page à page comme autant de certificats d'adultère. Depuis lors, mon homme liane, mon homme sans bruit au cœur, serre la corde haute de sa contrebasse. Un instrument dont il ne jouait plus. Elle vrille entre son pouce et l'index, défaillante, tenue, serrée. Le son produit m'engloutit. Il la presse de douleur, en force, la couine de ses mains de colosse et la déraille. Des aboiements furieux traversent notre maison. Presque deux mètres de bois précieux titillé par des cordes à l'ancienne en boyaux, dont l'une est désarticulée, qu'il laisse volontairement désaccordée. De temps en temps, un répit. Le silence, je le mendie.

Ses reproches n'ont pas de son. J'ai joué au bonheur, je me suis contentée d'un moment éthéré de joie et me voici désunie par des fausses notes de mon mari, mes fausses notes dans notre contrat de mariage. Je reprends souffle, parfois après une courte pause, lorsqu'il part courir. Ensuite, la mitraille reprend, sans mon accord.

Mon homme ne me parle plus avec sa voix, ni avec ses mains, ni avec son sexe, et entre en moi par les oreilles. Je voudrais devenir une pierre puissante. Il pourrait choisir de m'espionner, savoir qui IL est, le découvrir, mais il m'a prévenue :

— Pour moi, cet homme est transparent et donc n'existe pas ! Ne me dis rien de lui, Gaëlle, je ne veux pas en entendre parler, ni entendre son nom, rien, ne me dis rien.

Je l'ai trompé et je me suis trompée. J'ai des notes fausses dans la tête, je ne veux plus rentrer, je n'ai plus de maison en paix. Je voudrais lui hurler : « Crie, fâche-toi, dis-moi que j'existe ! »

Briac, avec la complicité de son dispositif musical, veut me mettre à bout. À bout de corde.

Sa colère dure jusqu'au moment où il veut comprendre. Je lui raconte ma mésaventure, jusqu'à Paris. Il reconnaît que, depuis quelque temps, il a été moins présent pour moi, pris par ses nouvelles responsabilités à la base militaire.

Je tripote mon alliance, il sourit :

— L'anagramme d'alliance, c'est canaille.

Tout est dit.

J'ajoute :

— Tu sais, Briac, il y a pire comme anagramme.

— Dis-moi…

— Désir ?

Il s'exclame :

— Rides ! Gaëlle, rassemblons nos chagrins. D'accord ?

Nous rions de mon tatouage sur la couverture, de ma naïveté, de ce que j'ai manigancé lorsque j'écrivais à PPS.

Briac et son absence totale de brutalité. Briac, mon mari, m'aide à remonter à la surface, c'est sa spécialité. Car la lecture du livre de Seigneur m'a plongée dans un total désarroi. Il fait les courses à Brest, parce que sa femme ne peut plus aller dans les magasins. La foule ne m'étouffe pas, non, je crains d'étouffer la foule. Et je suis devenue maniaque du ménage.

Il y a de cela, onze mois exactement, je passais mes jours avec les héros et les héroïnes des livres que je dévorais. Il ne me reste qu'une histoire, celle de ma chute. Celle d'une femme qui a joué avec le maître, qui a joué avec un pervers et a cru gagner, sans avoir prévu les réserves pour les saisons à venir. De toute manière, le ventre vide et la faim au corps, je suis passée par-dessus la digue. J'ai perdu la raison je crois, la honte m'étouffe.

Je lave tout cela.

Mes mains sont rougies par les produits ménagers et le savon noir pulvérisés dans tous les recoins de ma maison. L'odeur de propre me rassure un instant ; absolument ridicule. Les cosmétiques s'épuisent à rendre propre mon corps. Ma peau devenue sèche me démange. Je joue à la souffrance. La mienne atteint des sommets. Cette nuit, j'ai fermé mes réseaux sociaux, hier, j'ai changé mon numéro de téléphone, j'ai aussi abandonné mon blog littéraire. J'ai arraché mes nom et prénom de la boîte aux lettres. Je ne veux plus m'appeler, ni que l'on puisse m'appeler.

Le déshonneur m'a envahie. La honte s'accroche à tout ce que l'on aime et le salit, le détruit, le mâche, le lamine. Une fois arrivée à sa destination, je ne peux plus lui échapper. Elle vient même réclamer les miettes de ma vie. La mort d'un être aimé est différente. Je sais cela. Pour contrer la mort, il y a le lieu du chagrin commun à tous. La douleur est intense, mais elle peut parfois se partager, les mots, la compassion, peuvent l'atténuer. La honte vit en autonomie en chacun des êtres qu'elle détruit et y emprisonne les mots qui pourraient la trahir. La honte ne veut pas que l'on parle d'elle.

C'est une tueuse, une criminelle parfaite.

Briac n'écrit pas les falaises, ne parle pas aux oiseaux comme moi, non. Il aime la chair du fer, la douceur de l'huile des moteurs, les caissons des sous-marins. Son métier : fabriquer pour l'armée du silence avec le bruit. Il rapporte à la maison des prototypes et passe des heures à mesurer l'absence de décibels dans les ventilations. Briac finit par ressembler aux sous-marins qu'il construit et améliore.

Même dans notre lit, il ne ronfle pas, ne parle pas dans son sommeil. Il ne me dérange jamais. Quand je ne dors pas, je tends mon bras pour savoir s'il est près de moi. Il me cale pour la nuit, j'ai toujours eu froid aux reins. Ses fesses s'imbriquent parfaitement dans ma cambrure. Mon ventre infertile, en fer, est modifié depuis ma ménopause précoce.

Il est beau, Briac. Quand je suis stressée, je pense à lui, nu, debout ou dans un lit. Mon étalon. Mon cheval blanc, mon Arsène sans mon Lupin, brun, grand, fin, sportif, malin. Il a le goût du chocolat au lait qu'il boit le matin, sucré au miel, et des tartines de confiture :

— Tu es ma confiture, ma chérie.

Et il me lèche en frottant ses joues non rasées sur mes joues, prenant les marques à peine on les touche. Il est beau, mon homme, je le sais dans le regard de mes amies qui m'envient, qui voudraient elles aussi que leur mari les regarde avec autant de douceur.

J'entre complètement dans ses bras. Je suis sa femme et son amie, sa bouée et son ancre, il est mon phare.

Les amies encore, lorsque j'essaie de lui trouver un défaut protestent en chœur :

— Lâche-le, ton homme, et en cinq minutes, nous, on te le mettra dans notre lit pour notre quatre-heures.

Soudain, je suis face à mes actes, ma relation avec PPS aurait pu m'éloigner à jamais de ce compagnon de vie si rare.

C'est impossible d'imaginer son corps sans mon corps : jamais en colère, jamais anxieux, jamais râleur, jamais malheureux, et Briac pardonne. Le pardon sauve tout amour. Il le remet en mouvement.

***

Dès lors, Briac reprend du service la nuit, sans compensation de salaire ! J'ai des envies, des ondes me réveillent, et il va s'en occuper ; astreinte en plein sommeil. Mon mari est de retour en amour.

Quand je me lève, il m'entend désormais, allume notre lumière tamisée rouge, celle des sous-marins. D'ordinaire, il se fichait l'oreiller sur la figure en grognant, ne supportant pas que j'allume en pleine nuit. Là, quand je reviens des toilettes, mon homme est au garde-à-vous. Les yeux coquins, le regard fauve. La couette rejetée partiellement vers le pied du lit et en avant ! pour ce qu'il nomme désormais : le coup du sous-marin.

L'invention de Briac, « viens là, ma chérie, que je te torpille ». Je râle de son manque de poésie. Réglage, ajustement, ajustage. Mots clés : positionnement, vérification, contrôle, introduction, mesures standardisées ou non. Check-list, encore. Nous plongeons, loin, loin, ne pas revenir trop vite, aussitôt montée en pression, et enfin rupture de charge. Service de nuit terminé. La lumière rouge de notre sous-marin reste allumée encore un peu. Puis viens le sommeil des profondeurs, l'un contre l'autre.

Les mots, les corps, l'amour. Nous partons en week-end.

J'ai acheté pour mes longues randonnées un objet nommé « Pipi Debout », il est rose en silicone. Je ne sais pas encore si je vais réussir à l'utiliser, car même quand mon chat me regarde, je suis bloquée et je dois fermer la porte des toilettes. Pas besoin de me déshabiller du bas et ainsi je peux aller dans les toilettes des hommes, privilège. J'essaie. Génial ! J'urine comme un homme à l'aire d'autoroute du Mont-Saint-Michel vers la Normandie, entourée des routiers. Je me regarde bien en face dans le miroir de l'urinoir, et je vois les mecs mater mes mains et le truc qui dépasse de mon pantalon. J'ai l'air malin avec mon Kleenex pincé entre mes lèvres. Une espèce de femme qui se prend pour un homme. Les choses deviennent de plus en plus masculines pour les femmes, pense Briac, en remontant sa braguette d'un coup d'épaule, pensif et émoustillé à la fois.

Avec Briac, je sais toujours qu'il dit la vérité.

***

PPS : *Imaginons, si tu veux bien, une héroïne qui a à peu près ton âge, pense-t-elle parfois à l'oubli ?*

Gaëlle : *L'oubli, dans le sens de mourir, vers la passion blanche. De temps en temps, oui, elle y pense. Frôler le danger est le seul moyen parfois qu'elle a pour se sentir vivante, et cette prise de risque lui laisse croire ensuite à l'infini. L'amour mène à cette blancheur ; comme les remous sur l'océan marquant un fort courant. Son corps entre en marée dès qu'elle le ressent.*

PPS : *Dès qu'elle ressent l'amour ?*

Gaëlle : *Oui.*

186

PPS : *Bien ! Bravo, excellent ! Maintenant, parle-moi de ton mari.*

Gaëlle : *Il est un peu surnaturel à la vérité. La beauté lui va très bien, il l'ignore, juste un peu plus grand que moi, j'atteins sa bouche en levant juste un peu mon visage vers lui, ce qui est pratique et confortable. Ses mains sont longues, très longues même, et il les manie avec intelligence. Lorsqu'il se déplace, son corps bouge comme une vague dense et puissante. Il est musclé, un peu loup car il est mince, animal, jamais sauvage. Intrigant, c'est certain. Viril de l'intérieur comme à l'extérieur, mais en me laissant de la place. J'ai besoin de prendre de l'élan pour aimer. Sa voix fraîche a la consonance de la terre d'ici entourée d'océan, elle se mélange au vent, ce qui la rend élancée. Ses mots tiennent longtemps dans ma mémoire. Lorsqu'il m'appelle, j'entends d'abord les vibrations de sa voix. Il a la peau douce et chaude, toujours sèche, et il sent bon la mer. Parfois, il chante. Il chante des chansons de marins que son père* musicien *lui* a apprises *autrefois et qui lui viennent de ses ancêtres.*

PPS : *Ses yeux ?*

Gaëlle : *Clairs et transparents, insupportables. Je peux les regarder très longtemps, son iris dessine de nouveaux paysages.*

PPS : *Bleus ?*

Gaëlle : *Oui, peut-être, mais il y a de l'or à l'intérieur, de l'or étoilé.*

PPS : *Comment s'appelle ce dieu dans ton lit ?*

Gaëlle : *Je n'ai pas trop envie de le mêler à nos mots.*

PPS : *Tu as déjà commencé.*

Gaëlle : *Il s'appelle Harry.*

PPS : *Puis-je te poser une question indiscrète ? Ton couple avec ton mari Harry, est-il solide ?*

Gaëlle : *Oui, je crois, pourquoi ?*

PPS : *Parce qu'ainsi nous ne sommes pas dangereux l'un pour l'autre si nous devenons amants. Moi, j'ai une épouse depuis toujours et pour toujours. Ma femme, un ange. Un vrai amour.*

Gaëlle : *Ah, un ange, c'est sans sexe, non ?*

PPS : *OK, donc dis-moi, ton mari serait-il plus vieux que toi ? Car il porte un prénom ancien.*

Gaëlle : *Non, nous avons le même âge.*

PPS : *Quel est son métier ?*

Gaëlle : *Je ne veux pas te le dire.*

PPS : *Laisse-moi deviner, il est dans la marine, un truc comme cela, près de Brest, c'est obligé.*

Gaëlle : *Oui, il est pêcheur côtier.*

PPS : *Original, très. Tu veux dire qu'il pêche des poissons et tout ça ?*

Gaëlle : *Oui.*

PPS : *Super, tu vois, j'avais deviné un peu.*

Gaëlle : *Oui, tu es fort, très.*

PPS : *J'ai toujours été intuitif.*

✳✳✳

PPS : *Je peux te poser une question intime, ce soir, déjà posée l'autre jour et à laquelle tu n'as pas répondu ? Je veux savoir ce que tu trouves beau durant l'amour.*

Gaëlle : *Il n'y a rien de plus beau que le visage d'un homme au moment du plaisir. Parce qu'il raconte l'intelligence des corps, la beauté de l'union des corps.*

PPS : *OK. En fait, non, OK. En fait, non, quelle beauté ?*

Gaëlle : *La beauté de l'homme pendant l'amour.*

PPS : *Promets-moi de me raconter ce que je ne vois pas.*

192

Gaëlle : *Quand je caresse un homme, je lis sa peau.*

PPS : *Hum… c'est beau ce que tu écris là, enfin, je crois… J'adorerais un jour dormir près de toi, et toi ?*

Gaëlle : *Je ne sais pas.*

PPS : *Je poserais ma main toute la nuit sur ton ventre avec beaucoup de tendresse. Je peux être tendre, tu sais… Ton fantasme littéraire ?*

Gaëlle : *Vraiment ?*

PPS : *Oui, dis.*

Gaëlle : *Envoyer Marcel à la mine.*

PPS : *?*

Gaëlle : *Envoyer l'écrivain Marcel Proust dans une mine, avec son papier et son crayon. Proust, « enlainé » dans un châle de sa mère, à regarder, dans un hôtel de luxe à Cabourg, l'autre mer. Il est glorifié car il a parfaitement écrit son monde. Une merveille. Mais je voudrais qu'il ait écrit de la même manière l'autre monde. Les quatre-vingt-quinze pour cent des pauvres qui vivaient autour de lui à ce moment-là. Pour tout te dire, je voudrais que Proust fût descendu dans les mines avec les enfants, les hommes, les femmes sans parfum dans leurs cheveux. Le peuple de son temps, ceux qui n'apparaissaient jamais dans ses livres. Voici donc l'un de mes fantasmes littéraires.*

PPS : *Ce que tu dis de Proust est d'une prodigieuse intelligence, tellement que je n'y ai jamais songé. C'est brillant, vraiment, et ça* vient de toi donc j'y accorde un certain crédit. J'y adhère tellement, c'est même l'histoire de mon existence. Il faudrait l'imaginer. L'écrire.

Gaëlle : *Nous devrions l'écrire ensemble.*

PPS : *Ce serait la meilleure façon de s'entretuer que de l'écrire ensemble.*

Mi-septembre, PPS est interrogé dans la plus grande émission littéraire du moment. Je l'écoute jusqu'au bout. Je sais que la vérité va éclater, celle que je n'ai encore racontée à personne. Je suis pétrifiée. Briac a posé sa main sur mon cœur près d'exploser. J'ai fait un vertige, comme si on me brassait dans une machine à laver. Les portes sont devenues les fenêtres, le plafond le sol, que j'eusse les yeux fermés ou non, mon cerveau me défragmentait. Il disait qu'il était temps de dire stop, qu'il était temps que cette histoire sorte de mon existence. Durant la crise de grand nettoyage, j'ai attendu un peu, en respirant profondément. Mais quand mes mains ont été remplacées par mes pieds et qu'en touchant mes yeux, j'ai mis mes doigts dans ma bouche, Briac a appelé un ami médecin en pleine nuit. Il m'a mise sous antibiotiques pour une infection généralisée, gorge, reins, et m'a prescrit un anti-vertigineux, car mon oreille interne me malmenait. On dit que les infections des reins proviennent des grandes peurs. Deux jours plus tard, mon mari me veille encore. Puis me lave. Un bain de mousse très doux. Il me parle avec ses baisers et ses mains. Je reprendrai mon travail plus tard. Avant, je dois guérir de moi-même.

J'ai cette image de Briac dans les premiers jours de notre vie commune, il m'épluche une clémentine, la pose dans une assiette à dessert, me prépare du thé et me les apporte au lit. La clémentine m'émeut, au bout de deux clémentines, plus de clémentine. Comment prolonger la clémentine ? Peut-être en allant au bout de toute vérité ? Lorsque la fièvre tombe, j'avoue enfin à mon mari que cette histoire est une gigogne. Elle possède plusieurs strates.

— Briac, je ne sais pas quoi faire, ni dire, car tu m'as demandé de ne pas te parler de ce type.

Briac s'assoit au pied de mon lit, l'air triste :

— Le type avec qui tu es allée à Paris et qui t'a mis les seins et les pieds sur sa couverture de livre ? Effectivement, je ne veux pas en parler, je ne veux rien savoir sur lui, il n'existe pas, il n'est rien pour moi et je ne veux pas qu'il devienne quoi que ce soit d'autre.

— Oui, mais je dois t'avouer autre chose… Cet écrivain s'est servi des courriels que je lui ai écrits, mais il y a plus grave.

— Plus grave ? Tu rigoles, j'espère. Il t'a fait assez mal comme cela assurément.

— Oui, plus grave pour lui, pas pour moi.

— Ah, tu me rassures. Bon allez, raconte.

— Tu sais comme je suis gaffeuse.

— C'est clair.

— Et tricheuse…

— C'est clair aussi, surtout quand tu caches un x dans tes chaussettes au Scrabble, ta lettre préférée à dix points que tu réserves pour la « case compte triple » !

Il me caresse doucement les cheveux et m'embrasse les paupières.

— Ce que tu as lu dans le livre, ces passages, issus pour la plupart des courriels qu'il a reçus de moi, ne sont pas mes mots.

— Comment cela, pas tes mots ? Tu m'intrigues, parce que sur la couverture ce sont bien tes seins et tes pieds. Avec le mot « Menhir » tatoué, tu te doutais bien que j'allais te reconnaître.

— Comment t'expliquer… Cette histoire, de toute manière, a mal commencé et je crois qu'elle va mal finir. Bref, je ne sais pas pourquoi j'ai fait cela, je voulais qu'il trouve que j'écrivais bien. Je voulais me donner un peu d'importance, alors j'ai recopié en grande partie le livre avec lequel j'ai appris le breton.

— Tu veux dire celui de Kelly Meadow ? Non, tu n'as pas fait cela ?

C'est pour cela que le mari de Valérie s'appelle Harry et qu'il est pêcheur côtier ? Comme le héros du livre *Cet amour qui brûle au troisième degré* ?

— Oui, c'est pour cela, et la vérité va éclater, là, dans quelques jours, quelqu'un va se rendre compte que ce bouquin est rempli de passages de *Cet amour qui brûle au troisième degré*.

— Énorme. Tu es géniale, Gaëlle.

— Je ne sais pas si je suis géniale, mais quand il va s'en rendre compte, il va lancer un contrat sur moi, je vais mourir non pas de maladie à cinquante ans comme ma mère, mais assassinée.

— Mais non, ce genre de mecs sont des minables et des lâches. En tout cas, ne dis rien à qui que ce soit avant le prix, ce serait encore plus génial s'il l'obtenait, non ?

— Je n'avais pas pensé à cela.
Carrément, oui !

La vengeance masculine est un plat
qui se mange glacé.

✳✳✳

C'est Éric au krav-maga qui m'a une nouvelle fois sauvée en me donnant cette idée de plagiat du livre préféré de Jeanne Laouen, plutôt que d'écrire à vif mes mots à ce quasi-étranger. Un livre ancien que beaucoup ont dû avoir déjà oublié. Notre instructeur nous a expliqué :

— Un agressé qui se bat mal, mais qui feinte bien, a toutes ses chances de déconcentrer son adversaire en le distrayant. L'idée de la feinte, c'est de manipuler son adversaire mentalement pour pouvoir se défendre physiquement.

Avec PPS, par intuition, j'ai mystifié mes phrases. J'ai choisi la distance, ce matériau du désarroi. Kelly Meadow m'a sauvée de moi-même en me prêtant ses mots. J'ai le plus souvent possible copié des extraits de son livre *Cet amour qui brûle au troisième degré*, et les ai envoyés à mon amant virtuel par morceaux en fonction de ses questions. C'est cela la vérité. L'océan, le bonheur… tout était issu de ce livre passion.

J'ai dépassé à ce moment-là mon quota de maladresse pour la vie. Kelly Meadow écrivait au moment où Harry repartait en mer et laissait Hedda sur la grève :

« Éprouver la tempête pour connaître l'océan. Éprouver la terreur pour connaître les hommes. Éprouver le plaisir et le regarder s'enfuir. Je veux que tout recommence, que Dieu me promette une seconde vie, une seconde chance. »

Car si PPS a menti sur les mots, en faisant croire qu'il a écrit son roman à lui seul, je l'ai dupé à mon tour. Nous sommes désormais à égalité lui et moi dans la manipulation de l'autre.

Près de soixante-dix pour cent des phrases d'*ÉTÉ* sont issues de l'histoire d'amour entre Hedda et Harry. Le roman *ÉTÉ* va probablement obtenir dans quelques jours le grand prix littéraire, et, à travers lui, le plus érotico-romantique des livres de la fin des années 60 sera récompensé. PPS a voulu ma peau entièrement et je vais avoir la sienne avec les mêmes armes que lui. Je l'ai enfermé dans son propre livre, alors même qu'il a voulu m'y emprisonner.

Quelques jours plus tard, puisque je suis presque guérie, Briac me propose d'aller fêter mon génie dans un restaurant. Je m'habille et nous partons à L'Hostellerie déguster un plateau de fruits de mer royal, c'est-à-dire avec des homards.

À 13 h 30, sur l'écran de la télévision dont le son est coupé, je vois Pierre-Philippe Seigneur attendre en direct la proclamation des résultats du prix Ultima Thulé. En concurrence avec un roman écrit par une femme. Le suspense est de courte durée, l'écrivain et journaliste PPS devient le soixantième lauréat de ce prix prestigieux. Briac tourne le dos à l'écran. Il est plongé dans son épluchage méthodique du corps d'un crabe. La chair forme un petit tas qu'il disposera ensuite sur sa tartine beurrée.

Sur l'écran, PPS, agité, les cheveux gras, le visage vieilli par le stress et l'attente, sourit à la caméra. Il porte un tee-shirt à l'effigie d'un groupe de rock. Il est facile d'imaginer ce qu'il dit lorsque son éditeur le prend dans ses bras, tant son visage est transfiguré d'orgueil. Pour ne pas montrer mon émotion ni mon sentiment de plénitude, je trempe un morceau de pain frais dans la mayonnaise, c'est tellement bon. Lorsque je redresse mon visage vers l'écran, j'ai l'impression que l'heureux lauréat du jour me regarde. Alors, à ce moment-là, je lui fais un clin d'œil en espérant que, de tout mon cœur repu, il réussisse à l'intercepter.

Heureusement, il y a Jeanne dans ma vie pour sauver ma peau de la mienne.

— Jeanne, c'est quoi un salaud ?

— En breton, ma petite Gaëlle ?

— Non, en général, dans toutes les langues.

— Pour te le décrire, c'est un mec qui a plusieurs femmes, qui ne s'engage pas, surtout qui ne donne rien, ne prend pas soin des femmes, avec qui il fait l'amour ou qu'il baise. Il n'en prend pas soin, mais veut qu'elles prennent soin de lui. Un puissant du corps, parfois, même s'il donne tout d'un coup pour impressionner. Après, souvent, ses performances s'amenuisent très vite. Ce qui est certain, c'est que c'est un impuissant du cœur. Il t'illusionne. Un salaud, c'est un homme qui donne ou fait semblant de donner et reprend toujours plus qu'il a donné.

— Ouille… je pense que j'en ai rencontré un.

— Que te demande-t-il ?

— Il m'a demandé de lui écrire. C'est du passé. Notre histoire est heureusement terminée depuis plusieurs mois. Il me posait des questions et je lui répondais longuement par courriels. En revanche, comment t'expliquer, il a recopié nos échanges, et les a mis en pages dans un roman qui vient d'être publié.

— Il s'est inspiré de votre histoire ?

— Oui.

— Tu as été son amante ?

— Oui, en quelque sorte.

— Si tu es devenue un livre, il est temps de retrouver la page blanche. Un salaud, c'est aussi et surtout un homme odieux, comme un amant de livres. La littérature est remplie de ce genre de héros.

— C'est-à-dire, Jeanne ?

— Ces hommes ne se construisent qu'au corps à corps avec les femmes. Dans la confrontation.

— Oui, la confrontation. À ce sujet, je dois t'avouer quelque chose.

— Oui, dis-moi.

— Quand il m'a demandé le prénom de Briac, j'ai dit Harry.

— Tu es drôle ! Tu as pensé au Harry de notre roman des cours de breton.

— Évidemment !

— Je suis très contente de ton choix, si seulement j'avais pu vivre le quart de ce qu'ont vécu amoureusement les deux héros de mon roman préféré, j'aurais été une autre, c'est certain !

— Donc, ce type a écrit un livre en reprenant nos échanges par courriels, mais en fait ce n'étaient pas mes mots.

— Ce n'est pas très élégant ce qu'il a fait, que ce soient tes mots ou pas, cela n'a pas d'importance, voyons.

— Bon, allez, je me lance, je t'avoue tout.

— Oui, Gaëlle ? Dis-moi ce qui te tracasse à ce point.

— Au lieu de lui écrire des choses trop personnelles, la plupart du temps je recopiais tout simplement des extraits du livre de Kelly Meadow. Depuis, je fais des crises de paniques.

— Oh ! Je comprends. Tu as enclenché une histoire dont les

conséquences maintenant te dépassent.

— Absolument.

— Mais si tu relativises, quelle bonne idée tu as eue là. Quel est le roman concerné, dis-moi, ce n'est quand même pas le livre de Pierre-Philippe Seigneur dont on nous affiche les seins nus partout et qui vient d'obtenir l'Ultima Thulé ?

— Mais si, c'est lui. Et les seins nus sont les miens.

Elle s'assied de surprise.

— Il t'avait demandé la permission d'utiliser ces photos ?

— Non, bien sûr que non.

— Donc, s'il est capable d'utiliser tes photos pour ses livres, dans ce cas, ma pauvre petite, tu as bien fait de ne pas lui écrire tes mots véritables, Dieu sait ce qu'il en aurait fait. Kelly Meadow, si elle existe, ne t'en voudra certainement pas trop, d'avoir emprunté des passages de son roman. Cela fait tellement longtemps qu'elle l'a publié, elle ne doit plus être de ce monde maintenant.

Elle me sert une part de kouign-amann, la pâtisserie bretonne, synonyme est plaquette de beurre et sucre au kilo, accompagné d'une tasse de café très noir comme elle l'apprécie.

— Jeanne, dis-moi, pourquoi adores-tu *Cet amour qui brûle au troisième degré*, celui-ci plus qu'un autre ?

Elle passe ses mains sur son visage.

— Tu sais, ça crie et ça pleure, un roman. Celui-ci a une histoire plus vive que les autres. Je l'aime bien. Tu l'aimes également si tu en as recopié une partie pour écrire à cet homme. Il parle des femmes qui vieillissent. L'héroïne au désir enfoui ranime sous des mots d'amour son corps perdu par les années qui passent. On ne se rend pas compte, vois-tu, à quel point le sexe d'une femme est intelligent. Il ne bande pas mécaniquement, il réfléchit. Il est doué de sensibilité, de poésie, de dépendance à l'affection et, surtout, ne vieillit jamais. Il est le sonneur de notre corps, notre veilleur. De prétendre qu'il s'affaiblit est une légende. Il vit en nous, ardent, jusqu'à notre mort et peut-être même après. Kelly Meadow a su redonner de l'espoir aux femmes de plus de cinquante ans qui pensent que, parce que les hommes les ignorent, elles n'ont plus aucun espoir de vivre un amour intense qui les emportera vers l'infini sereinement.

COURRIEL
Objet : ton roman ÉTÉ

Gaëlle : *Bonjour Pierre-Philippe, je ne sais pas si tu ouvriras ce courriel. Tu penses peut-être que je t'écris pour te faire des reproches concernant la photographie de ma poitrine en couverture et accessoirement de mes pieds. Sans oublier les écrits que tu m'as empruntés. Non, en fait, je ne vais pas perdre mon énergie à te démontrer à quel point tu m'as blessée. Je viens ici te féliciter, pour le prix Ultima Thulé. Je suis très heureuse pour toi, et pour moi, en quelque sorte.*

Mais je veux aussi te prévenir que lorsque je t'écrivais, la plupart du temps, je recopiais des extraits d'un livre déjà publié il y a cinquante ans. Il s'agit du roman de Kelly Meadow, Cet amour qui brûle au troisième degré, *des Éditions de l'Évasion. Je savais qu'il n'y avait aucune chance que tu l'aies lu et en reconnaisses les passages. En effet, tu fustiges tellement ce genre de littérature. C'est embêtant pour toi mais formidable qu'un livre populaire, traduit et publié en France l'année de ma naissance, se retrouve intégré en partie au tien.*

En attendant, kenavo. Gaëlle Aniken.

PPS : *Gaëlle, tu m'abrutis de colère, comprends bien, tes mots à toi mélangés à ceux d'une écrivaine à trois balles, Kelly Meadow. Mais tu n'as pas honte ?! Je me doutais que tu faisais semblant d'écrire, mais pas à ce point. Ton insincérité me révolte. Moi qui te trouvais un certain degré de talent. Pourquoi ? Qu'ai-je mérité pour que tu me fasses autant de mal ? Je vais te broyer ! Et*

ne t'avise pas d'ébruiter cette affaire si elle est
exacte, là, je te promets le pire. PPS.

   ☐

***

« Journal des mots », par Nicolas Léonard : chronique du roman *ÉTÉ*, de PPS.

« Ce roman de notre confrère écrivain et journaliste PPS n'est pas de ceux qui s'abandonnent facilement : construit de façon hallucinatoire sur une temporalité musicale, ce cheminement vers le désir de l'autre nous entraîne inexorablement vers la beauté des corps lorsqu'ils se rencontrent. Grâce à un récit magnifiquement écrit, son héros, Harry, un homme aisé ayant tout abandonné pour devenir pêcheur côtier, nous raconte comment l'amour qu'il porte à Valérie, une jeune femme assez mystique, va l'aider à reprendre

219

pied sur la terre ferme, le temps de plusieurs marées vécues aux abords de la presqu'île de Crozon. Cet *ÉTÉ*, quatrième saison, est donc le dernier opus d'une série de romans de Pierre-Philippe Seigneur dans lequel il revient sur le désir de l'autre. Ce livre est prodigieusement construit, et se lit selon plusieurs niveaux. Son héros souhaite surtout ne pas aimer, surtout pas, et, en même temps, il prétend vouloir aimer. L'incapacité du héros à l'amour interroge le lecteur. Commence alors pour les deux personnages une joute épistolaire et un corps à corps où chacun va se découvrir et se raconter.

Valérie, serveuse dans un bar-librairie breton, va le débusquer rapidement et lui empêcher l'été. Elle s'accroche, disparaît. Il la rattrape et en même temps la remet à distance. Ce livre, tel un combat de gladiateurs, nous parle d'un amour singulier mis au pluriel, celui de deux êtres que tout sépare.

EXTRAIT : *"Je ferme les yeux, je te vois, je les ouvre tout pareil, même ta voix, même tes mains, tes mouvements, tes mots, tout est là. Tout est imprimé dans ma mémoire. Je me souviens quand j'ai su que tu allais partir, la chaleur incroyable de ton corps s'est imprimée en moi. Ton odeur de fougères était plus forte. Voilà, je peux te perdre maintenant, j'ai cru te perdre mille fois cet été, j'avais beau te chasser tu étais là. C'est comme cela que j'ai su que mon corps te voulait encore, plus que mon corps évidemment s'il y a plus, je ne sais pas. Ce n'est pas le bonheur que tu fuis, cette incapacité à être heureux n'est pas ton nœud marin, ce que tu refuses, c'est d'être aimé pour ne pas aimer à ton tour."*

Ce roman est une mise en amour, sous fond de paysage connecté à l'abîme. Un espace intemporel, sans lieu ni date. Le héros, Harry, nous raconte sa capacité, son énergie à éviter l'été et ses accotements dangereux. Ce livre, malgré son projet dramatique, contient de nombreuses parties humoristiques. En effet, Valérie aime donner à leurs positions amoureuses des surnoms potagers. Ce mélange des genres faisant corps avec la nature s'apparente véritablement à un chef-d'œuvre. »

***

Journal littéraire de province : **ÉTÉ, de Pierre-Philippe Seigneur, PPS, lauréat du prix Ultima Thulé.**

« Comme nous l'avions pressenti, le roman *ÉTÉ*, de Pierre-Philippe Seigneur, vient de recevoir le prestigieux prix Ultima Thulé. Félicitations au lauréat. Nous vous offrons l'un des extraits de ce roman magnifique. Harry demande à son amante Valérie sa vision du plaisir, laquelle lui répond :

'L'idée serait de voyager en soi et en l'autre, un instant. Mon plaisir, sans que je sache s'il est le même partout ailleurs, donne quelque chose d'insensé qui me projette le cerveau en poésie. Le mot amour peut aller se cacher

dans les pages écrites ou non écrites, il n'est pas même à la hauteur. Le mot plaisir pour moi ressemble au mot Pagus, 'les champs' en latin, aux étincelles de la terre qui est fraîchement labourée, lourde, humide, parsemée des miettes de terreau, avec bien sûr les grands oiseaux piaillant au-dessus.

Je suis de cette terre, Harry, j'en suis pétrie de silence, vraiment de silence et c'est là que tu me débusques sans que cela m'inquiète plus que cela. Les mots et le corps, c'est ce que je voudrais rassembler, avec toi notamment.''

Saison ultime, son héros, rencontre une femme en Bretagne, il s'appelle Harry, et elle, Valérie. Elle devient sa maîtresse, il est pêcheur dans un petit port breton. Bientôt il reprendra la mer…

Ce livre d'esprit sauvageon est rempli d'humour et de poésie. Il évoque le désir, l'aridité des corps des femmes qui, au milieu de leur existence, ne sont plus fertiles. Une réalité intime dont on parle peu. »

Marianne Katellec, pour le *Journal littéraire de province.*

« ALERTE INFO :

Même si nous devons rester prudents devant cette information incroyable, il est fort probable que l'auteur du roman *ÉTÉ*, Pierre-Philippe Seigneur, lauréat du prix Ultima Thulé, ait plagié un roman célèbre en son temps, écrit par Kelly Meadow : *Cet amour qui brûle au troisième degré*. Un best-seller publié en France, traduit de l'anglais en 1969, par Les Éditions de l'Évasion. Cette maison d'édition, devant l'ampleur du plagiat, aurait déjà prévenu ses avocats. Les lettres, les courriels, les tweets détaillant les nombreux passages que le lauréat aurait recopiés affluent au journal depuis l'annonce de son prix Ultima Thulé.

À ce sujet, Kelly Meadow, l'auteur.e du célèbre roman qui n'avait jamais voulu dévoiler son identité sera présent.e en exclusivité ce soir. Vous pourrez le ou la découvrir sur plusieurs chaînes nationales en direct des bureaux du siège français des Éditions de l'Évasion. Il ou elle donnera une conférence de presse. Il ou elle nous a d'ores et déjà envoyé son communiqué de presse que nous publions en intégralité.

☐

Lettre de Kelly Meadow à Pierre-Philippe Seigneur, aux bons soins de son éditeur, Un océan de pages.

"Cher Monsieur,

Ce livre, ÉTÉ, qui vient de recevoir le prix prestigieux participe d'une littérature que vous décriez. Chaque mois, vous consacrez, dans une rubrique intitulée 'Le pire livre du mois', quelques lignes sur des romans qui, selon vous, insultent les mots et la littérature. Dans cette rubrique, régulièrement, un roman publié par mon éditeur est outragé par vos soins. Des publications des Éditions de l'Évasion ont souvent fait les frais de vos sarcasmes. Ainsi écrivez-vous : 'Des livres pour des femmes en mal de sexe, des voraces du cœur, des ménagères insatiables de plus de cinquante ans.'

Toutefois, votre roman, ÉTÉ, semble grandement s'inspirer d'un roman que j'ai écrit lorsque j'avais un peu plus de vingt ans. Il s'intitule Cet amour qui brûle au troisième degré.

Troisième degré, vous comprenez ?

Premier degré : les brûlures sont superficielles, la peau restera intacte.

Deuxième degré : il faut prévoir des soins d'urgence.

Troisième degré : c'est souvent plus de soixante-dix pour cent du corps qui est consumé, ce qui est le cas actuellement pour votre roman.

Au troisième degré, les blessures sont IRRÉPARABLES.

Grâce à mon héroïne, à qui vous avez attribué le prénom de Valérie, vous avez l'impression d'avoir écrit un beau roman. C'est juste. Soixante-dix pour cent des phrases, des mots, des chapitres de votre histoire sont issus de mon roman. Là, je dois dire que c'est une brûlure profonde. Il y a danger de mort, quand il y a danger de mots à ce point. Il n'existe pas en format numérique. C'est dommage pour vous. En tapant quelques phrases sur un moteur de recherche, vous auriez pu vous rendre compte de votre suicide littéraire.

Vous vous demandez pourquoi je n'ai pas prévenu votre éditeur avant l'annonce du prix. Mais ce plagiat pour moi est une aubaine. J'avais tellement envie que mon roman soit réédité. Je veux m'amuser un peu, voir enfin mes lecteurs et lectrices, car lorsqu'il a été publié je n'ai jamais dévoilé mon identité. Je veux enfin leur sourire, leur dire à quel point le succès de mon livre m'a sauvé la vie et a sauvé l'existence de beaucoup de monde. Au moment où vous lirez cette lettre, votre jury littéraire vous aura remis votre prix et, en même temps, vos lecteurs et ce même jury sauront qui est Kelly Meadow, puisque sur une surface équivalente à une brûlure au troisième degré, vous avez plagié son œuvre. Bientôt, ce secret entre vous et moi, nous le partagerons publiquement, n'est-ce pas ?

Cher Monsieur, bien à vous. Nous nous verrons bientôt, je pense.

Kelly. " »

☐

Briac et moi regardons les actualités. Il y a une conférence de presse de Kelly Meadow, concernant ce scandale de plagiat. Depuis des jours, la rumeur assassine le critique littéraire venant de recevoir l'Ultima Thulé. Les médias le découvrent moins charmant. Finalement, à bien y réfléchir, PPS n'est-il pas sexiste ? Les trois quarts des livres critiqués dans les revues pour lesquelles il collabore sont écrits par des écrivains. La place des femmes de lettres est réduite à portion congrue dans ses feuilles.

D'autre part, on se demande s'il peut vraiment avoir une double casquette. Celle du chroniqueur célèbre et celle du lauréat du grand prix littéraire de l'automne.

Le reportage commence par le témoignage d'une femme qui prétend avoir eu une liaison avec Pierre-Philippe Seigneur. Il se serait servi des lettres qu'elle lui avait écrites pour mettre en pages l'un de ses romans. Tout le monde sur le plateau s'offusque. Puis la caméra se tourne vers un autre plateau installé dans les locaux français Les Éditions de l'Évasion qui ont publié autrefois le livre traduit de Kelly Meadow. Les caméras sont braquées sur une chaise vide. Briac exulte, plus que moi encore. Soudain, nous voyons une ombre entrer. Elle ou il porte un costume d'homme et des chaussures masculines. La silhouette reste dans l'ombre. Kelly Meadow a promis de dévoiler ce soir son identité. Briac, en me tendant une coupe de champagne et un bol de crevettes du marché décortiquées par ses soins, s'exclame : « Je suis persuadé que c'est une femme. »

C'est bien une femme, même s'ils ont légèrement maquillé sa voix. Nous nous blottissons l'un contre l'autre sur le canapé. L'automne asperge son beau soleil d'or de fin de journée vers notre baie vitrée. Les yeux fixés sur l'écran, je suis sereine. Kelly Meadow parle anglais, une femme traduit ses paroles.

Elle a soixante-quinze ans, d'origine modeste, elle a vécu son enfance au bord de la mer. Elle a écrit *Cet amour qui brûle au troisième degré* alors qu'elle n'avait que vingt-trois ans. D'abord publié en Angleterre, puis plus tard en France. Elle l'a rédigé à la faveur d'une rencontre avec le véritable Harry, un grand voyageur dont elle était tombée amoureuse. Il était très influent dans les milieux littéraires, avant de tout quitter et de traverser les océans. Elle s'est imaginée dans ce livre avoir trente ans de plus, l'âge que sa grand-mère avait lorsqu'elle avait enfin connu l'amour véritable. Une grand-mère qui lui lisait des romans d'amour et lui racontait sa propre histoire.

Bien sûr, Kelly est impressionnée par le scandale venant d'éclater. Elle ne connaît pas Pierre-Philippe Seigneur, même si elle lui a écrit quelques jours auparavant. Au fond, elle se trouve honorée qu'il ait choisi de larges extraits de son livre pour son dernier roman. Évidemment, elle ignore pourquoi il a choisi son livre plus qu'un autre. Pour en revenir à son succès international, son roman a été traduit dans vingt-huit pays.

La journaliste :

— Qu'est-il arrivé à Harry, celui de votre vie, celui qui a inspiré votre livre ?

— Je ne sais pas, je ne le saurai jamais, tout ce que je sais c'est qu'un jour, il est parti. Il vit peut-être encore, qui sait…

— Mais alors, pourquoi n'avoir jamais avoué votre identité ?

— J'avais écrit une romance, vous rendez-vous compte, à l'heure où nous, les jeunes filles, devions à nos fiancés et à la société notre entière virginité. Ni mes parents ni mon village très religieux ne m'auraient jamais pardonné d'avoir écrit un livre gentiment sensuel. À l'époque, on le catégorisait comme dépravé.

— On m'a dit que vous aviez continué de travailler dans votre usine, malgré le pactole que vous avez reçu en droits d'auteur.

— C'est vrai, je n'ai rien voulu changer à ma vie.

— Qu'avez-vous fait de tout cet argent ?

— Oh, c'est très simple, j'en ai gardé un peu, et je l'ai distribué autour de moi.

Derrière l'écran, un montage permet de voir des enfants rieurs dans une école en Inde, ils dansent pour l'occasion et montrent les locaux de leur orphelinat. La plupart sont des petites filles.

— J'ai créé une association en Inde, un orphelinat. Il abrite toujours une cinquantaine d'enfants. L'argent suffit encore, il a été sérieusement placé autrefois.

— Vous voulez dire que l'argent de vos droits d'auteur a servi à la construction puis à l'entretien de ce lieu ?

— Oui, absolument.

— Comment s'appelle l'orphelinat ?

— Kador, en référence à l'île où les héros de mon roman vont s'aimer d'amour. C'est aussi une référence à la pointe de Kador en bretagne, où ma grand-mère adorée aimait m'emmener pêcher lorsque j'étais petite.

(Applaudissements)

— En arrivant ici, vous n'étiez pas certaine de dévoiler votre identité, chère Kelly, le voudriez-vous maintenant ? Mais nous venons d'apprendre que vous êtes d'origine bretonne.

— En effet, avant de montrer mon visage, je peux vous parler du pays où je vis.

La voix change, et Briac et moi entendons distinctement :

— *Demat*, bonjour, chers tous.

En une fraction de seconde, je pense :

— En plus elle parle breton !

Incroyable.

Elle poursuit :

— Même si mon livre a été écrit en anglais, je suis avant tout bretonne avant d'être française.

(Silence sur le plateau)

La traductrice reste sérieuse et traduit maintenant ses phrases en anglais.

Kelly Meadow nous raconte :

— Durant mon enfance, je n'avais pas vraiment reçu d'instruction, à part que je lisais déjà les romances des

Éditions de l'Évasion. Ces livres, très méprisés par les journalistes et chroniqueurs littéraires, m'ont réappris à écrire et à lire. Depuis mon certificat d'études et les cadences infernales de l'usine pour laquelle j'ai travaillé dès l'âge de douze ans, une conserverie où j'emballais des sardines, j'avais oublié les mots.

— Comment se fait-il que vous parliez pourtant anglais couramment ?

— Mon père était anglais. L'anglais est ma langue paternelle, c'est lui qui m'a appris cette langue, à l'écrire et la parler.

— Madame Meadow, comment de larges passages de votre roman, *Cet amour qui brûle au troisième degré*, peuvent-ils se retrouver dans le roman *ÉTÉ*, qui vient d'ailleurs d'être récompensé par le prix Ultima Thulé ?

— Vraiment, je l'ignore. Mes livres circulent sur le marché d'occasion et dans les médiathèques depuis de si nombreuses années. L'auteur a dû trouver mon roman formidable et a pensé que, depuis toutes ces années, l'écrivaine de ce roman était morte, ou véritablement disparue. Il en aura recopié quelques phrases, je n'ai pas d'autre explication. Tant de gens avaient enquêté pour savoir qui j'étais, sans succès. Une écrivaine morte, c'est assez pratique lorsqu'il faut lui emprunter ses écrits. D'autre part, vous savez, même les hommes aiment les romans d'amour, M. Seigneur est peut-être un grand lecteur de ce genre de littérature.

(Rires dans l'assemblée)

— Allez-vous porter plainte contre l'écrivain Pierre-Philippe Seigneur ?

— Je pense que mes éditeurs sont en train de rassembler les preuves du plagiat, pour déposer une plainte avec l'aide de leurs avocats à Londres. Mais moi, non, je ne porterai jamais plainte contre des mots, certainement pas. Les mots ne sont pas une marchandise comme les autres, ils ont trop de magie et de liberté en eux.

(Acclamations du public)

— Alors, qu'allez-vous faire ? Si vous vous dévoilez ce soir, il y a bien une raison, sinon vous seriez restée anonyme.

Kelly Meadow se redresse sur sa chaise.

— En effet, j'ai un message. Si la direction du prix Ultima Thulé veut bien m'attribuer une partie du montant de la dotation du prix, qui s'élève il me semble à plusieurs centaines de milliers d'euros, une somme que va recevoir Pierre-Philippe Seigneur, j'en serais ravie. Je peux même donner, là, ce soir, les références bancaires de mes associations. Car je gère également une autre association en France. Cela peut se faire sous une certaine forme de mécénat au besoin.

(Applaudissements)

— Comment s'appelle cette merveilleuse association ?

— Ar Stered, ce qui veut dire, « les étoiles ».

— Parlez-nous d'elle.

— Il s'agit d'une maison de vie, où des personnes durant leurs derniers jours, souvent parce qu'elles sont malades, peuvent venir se reposer et se retrouver en pleine nature. J'habite dans un hameau tout juste traversé par un sentier des douaniers. Nous sommes une équipe de bénévoles et de professionnels à les soutenir, les nourrir et leur offrir notre amitié. Le toit et la charpente de la maison doivent être refaits avant l'hiver prochain. La bâtisse en pierres demande également quelques aménagements comme une ouverture plus vaste sur l'océan.

— Vous voulez dire que vous accueillez des gens recevant des soins palliatifs ?

— Oui, c'est bien cela et une personne à la fois. Je ne les accueille pas seule, l'équipe d'Ar Stered prend soin d'un ou d'une résidente. Les royalties de mon roman ont permis, là aussi et jusqu'alors, la gratuité de cet accueil.

Kelly Meadow maintenant se lève, Briac et moi avons déjà compris qui elle est. Je pleure d'émotion. Jeanne projette en souriant sa vieillesse et ses rides devant la caméra.

— Pouvez-vous, maintenant que l'on vous découvre, nous dire qui vous êtes, chère Kelly ?

— Mes nombreux amis de la presqu'île de Crozon m'auront reconnue. Je les salue chaleureusement ce soir et je salue ma Bretagne chérie.

Elle met sa main sur son cœur et de l'autre envoie un baiser.

— Je m'appelle Jeanne Laouen, je suis née dans la maison que j'ai héritée de ma grand-mère et où j'habite encore actuellement.

— J'ai appris que votre livre allait être réédité, en France notamment, car très demandé depuis quelques jours par des lecteurs.

— J'en suis ravie ! J'espère qu'il sera édité également en breton ! Cela me ferait encore plus plaisir. Si un éditeur est intéressé, je l'ai déjà traduit, nul besoin de faire appel à un traducteur.

— Jeanne, parce que maintenant je peux vous appeler Jeanne, que pourriez-vous nous dire pour conclure ?

Elle rit joyeusement :

— Toute cette histoire m'amuse beaucoup. Maintenant, allons voir ce que pense la vie de tout ceci, et dévorons le livre *ÉTÉ* aux quatre coins. Car je crois bien que nous avons sauvé, grâce à lui, la maison des Étoiles.

(Applaudissements de l'assemblée et embrassades)

Le caméraman fait un gros plan sur les yeux d'océan de Jeanne Laouen, écrivaine absolue. Son regard, à cet instant, porte toute la tendresse du monde. J'en remplis entièrement mon cœur. Un cœur, qui ne devrait plus jamais avoir faim.

□

Le lendemain, je vais rejoindre Jeanne à la plage. La lumière est à l'arrêt. Il a plu sur Morgat. La pluie parle fort. Bien plus fort que nos mots. Mes roues marivaudent entre les pierres éventrées par l'eau d'orage. Le chemin cabossé me ressemble. Demain, je reprends mon travail à Brest. La normalité me fera le plus grand bien. J'appuie délicatement sur mes pédales, je suis si près du bord des falaises. Je roule avec prudence vers *Beg Penn Ar Roz*, le Cap de la Chèvre. Là où autrefois, Mathias, mon petit garçon, a joué avec le cœur impatient du diable. À la pointe, les murmures de l'eau s'adonnent aux sirènes et aux Marie Morgane, ces femmes fées nées de la pleine mer. Celles qui ressemblent à Jeanne.

Les yeux du ciel accrochent mon regard vers les îles du Ponant. Le terrain boisé de Kador a couché ses fougères et se prépare à l'automne. La terre sent fort. Le cap Sizun et celui du Raz se racontent des histoires en mêlant leurs voix à l'air des hauteurs. J'accroche mon vélo avec un antivol à un arbuste derrière une haie touffue. Il rejoint celui de mon amie, dont la marque Motobécane s'efface peu à peu du cadre. Je descends vers la crique par le sentier vertical dit « le toboggan ». Les plantes sont là pour me soutenir. Je les connais à force de les solliciter, leurs racines retiennent mes semelles et m'évitent de glisser. La bruyère séchée essaie de m'écorcher les mollets. Une courte pluie encore. Les vacanciers sur la grève fuient sous l'attaque. Cavalcades des amoureux sous leurs serviettes, jambes difformes, membres tordus, seaux et râteaux colorés oubliés que les pères récupèrent en courant. Jeanne en m'apercevant se redresse et me fait un petit signe. Elle porte des sandalettes et a remonté ses pantalons. Ses cheveux gris, longs et tressés sont maintenus par une étole rouge nouée. Elle farfouille au bord de l'eau la dentelle de mer. Elle ramasse ces algues rouges qu'elle fera sécher avant de les consommer en salade. Pieds nus, je marche lentement sur les galets et la rejoins. Longtemps elle me tient dans les bras, j'ai les larmes aux yeux. Nous rions aussi. Comment a-t-elle pu toutes ces années se taire. Profiter du succès de son livre sans bénéficier de la gloire… Nous en parlerons plus tard. Le varech précieux qu'elle cueille peut disparaître dès la prochaine marée.

Je recule un peu et pose mes affaires protégées par mon sac imperméable sur une pierre plate. J'enlève ma robe et passe mon maillot. J'entre dans l'eau, Jeanne viendra me rejoindre dans quelques minutes. Je plonge, j'évoque les monstres des profondeurs, afin qu'ils chassent PPS de ma mémoire pour toujours. Non pas pour ce qu'il est, mais pour ce qu'il n'est pas. L'eau pèse. Revenue à la surface, le point rouge noué sur les cheveux de Jeanne s'est éloigné. Je reviens vers le bord. J'ouvre la bouche en confiance. Je retourne vers le fond clair. J'aimerais tant découvrir ce qu'il y a vraiment de l'autre côté de cette eau si fraîche, étouffante, qui un jour m'a pris mon enfant.

Un crabe remue sous mes mains. Je dépose mon chagrin, encore un peu, oui, encore un peu. Le temps de quelques millimètres, je nage au paradis. Soudain, des grandes mains me rejoignent. Jeanne et moi au milieu des vagues douces glissons sur l'eau. Elle se baigne en culotte et en maillot de corps beige. L'eau dessine son corps osseux. Un oiseau s'enfuit vers les grottes. Un hélicoptère flotte dans le ciel au ralenti.

Il y a mille Bretagne, mille écritures, mais un seul monde. Je m'en suis éloignée un instant. Maintenant il est l'heure de revenir. Nous nous séchons. Le soleil est de retour. Il revient toujours, surtout là, dans cette crique sauvage. Je prends dans mon sac à dos un carnet de voyage, un stylo neuf et je commence les premiers mots d'un manuscrit biographique de la vraie vie de Kelly Meadow. Celui que j'ai confié à PPS est obsolète. Jeanne n'est pas Jeanne sans sa vie de sardinière et d'écrivaine. L'association des Étoiles n'a aucun sens si elle n'est pas reliée à Kelly. J'écoute Jeanne démarrer commencer son récit très lentement. En voici les premiers mots :

« Ce pays, j'y suis entrée par l'amour, celui de mes parents et celui d'avant, d'avant, les grands vieux. J'y vis par ses falaises, m'y fixe par ses fentes que remplissent les lichens.

Presqu'île.

Presque, jamais tout à fait. Nous pensons souvent que nous pouvons changer de monde, pourtant il ne fait que nous traverser. Il y a mille Bretagne c'est vrai, mille écritures c'est vrai aussi, mais un seul univers ; un espace infini où le vent marin n'a jamais refusé aux femmes la liberté. De ces femmes j'en suis. »

En rentrant chez moi, après avoir bu un thé chez Jeanne, Briac attise le feu du foyer de notre cheminée, les bûches crépitent. Il a préparé de la pâte à galettes. Je rouvre mon blog. Poste de nombreux messages sur mes réseaux sociaux, il n'y a que moi qui avais disparu un instant. Mon mari pianote lui aussi sur son ordinateur. En soirée, je découpe de fines tranches de tomme des Abers et je les pose autour d'un œuf sur la pâte à galettes déjà croustillante, que tourne Briac. Après les avoir refermées, il les saupoudre d'un peu de poivre, de ciboulette sans oublier d'ajouter une noix de beurre. Nous buvons un peu de poiré. Au moment où nos verres se touchent, il sort une enveloppe blanche de dessous la nappe. J'adore ses yeux quand ils pétillent si bleu, sur sa peau bronzée par le soleil de septembre et ses cheveux en vacances de la base militaire, qui sont autorisés à prendre un petit centimètre :

— Ouvre, ma chérie.

À l'intérieur, il y a deux billets d'avion à nos noms qu'il vient d'imprimer, pour un voyage de deux semaines juste après Noël, en Inde. Ils sont accompagnés d'une réservation pour dans un superbe hôtel. Il vient derrière moi en posant ses mains chaudes sur mes épaules :

— L'hôtel est tout près de l'orphelinat de Jeanne.

— Vraiment ?

Cette nuit-là, comment l'expliquer. Nous avons dansé. Bu tout le poiré et hurlé d'amour si fort, que le lendemain, l'ombre d'une druide, poussée par le vent sur le menhir de mon hameau, a semblé me regarder avec bonté lorsque je suis passée près de lui en voiture. En saluant mes collègues de la pharmacie et tout au long de la journée, j'ai eu l'impression que l'esprit de cette femme inconnue, m'avait suivi jusqu'à Brest.

Ce roman a été pensé dans les eaux magiques de Porto Pollo, golfe de Valinco, Corse, durant l'automne 2016.

Dépôt légal juin 2020
https://www.instagram.com/monmarilitaussi/
Corrections : www.alskarts.com
ISBN : 978-2-9573307-0-6
Éditeur : 978-2-9573307
Couverture : Vectorpocke. Shutterstock